この恋、神様推奨です。

1　心を揺さぶる出会い

華やかでゴージャスな振袖を前にして、伊沢菜穂《いざわなほ》は顔を強張《こわば》らせていた。

深紅の薔薇《ばら》が描かれた派手すぎる振袖に、彼女はこれから手を通さねばならない。

この振袖を自分が着こなせるとは到底思えなかった。なのに着付けは着々と進んでいる。

ああ、胃がキリキリする。

菜穂は、自分の様子をじっと監督している笹部香苗《ささべかなえ》に視線を向けた。

エレガントなショートカットヘアをした彼女は、菜穂の母方の伯母だ。

すでに五十を超えている香苗だが、その美貌はいまもまったく衰えていない。背が高くスタイルも申し分なしだ。さらに、広告代理店を経営している、仕事のできる女性だった。

そんな香苗は、菜穂の憧れだ。

菜穂はいま、香苗のもとでグラフィックデザイナーとして働いている。

……それが、なんでこんなことになってしまったんだろう？

事の発端《ほったん》は一ヶ月ほど前。菜穂は香苗から広告のモデルをしてくれないかと頼まれた。仕事の内容はそれほど難しくなく、なのに報酬はとても良かった。

つい軽い気持ちで、引き受けたのだが、それが大間違いだったのだ。

なんと香苗は菜穂が引き受けた途端、これが社運をかけた一大プロジェクトであることを明かした。

仰天した菜穂は即座に辞退したのだが……香苗に太刀打《たちう》ちできるわけがなかったのだ。

おそらく香苗に話を振られた時点で、菜穂がモデルをやることは決定していたのだろう。

社運をかけた仕事など、菜穂には荷が重すぎる。

さらに、この仕事は全国規模の結婚式場のプロモーション広告であり、初対面の男性と、結婚を控えたラブラブなカップルを演じなければならないという。

そんなことわたしには無理なのに……

どうも自分は恋愛には不向きな人間みたいなのだ。

どんなに素敵な人に対しても、好ましく思うだけで恋愛まで気持ちが育たない。

それどころか、友人みたいな人間関係に心地よさを感じてしまう。

恋愛に憧れないわけではない。けれど、恋という感情を抱けないことには恋愛はできない。

そもそも、どんな気持ちを抱けたら、恋って呼べるんだろう？

それがわからないわたしのハートは、欠陥品なのかな？

たとえば本や映画みたいに、運命の人と出会えたら恋ってできるものなの？

もしそうなら……神様にお願いしたら、それが叶うだろうか？

ふとその気になった菜穂は、心の中で柏手《かしわで》を打った。

『神様、もしわたしに運命の人がいるのなら、どうか会わせてください』

冗談めかして祈った菜穂は、くすっと笑った。

わたしってば、いったい何をやっているんだか。

いつか運命の人が現れるなどと、本気で思うほど子供ではない。

それに……

いまのわたしに必要なのは運命の人じゃなくて、この状況から解放されることだ。

束の間の現実逃避から戻った菜穂は、がっくりと項垂《うなだ》れてため息をついた。

「では、こちらに袖を通してください」

「あっ、はい」

菜穂は諦めの境地で、言われるままド派手な振袖に袖を通した。

なぜ結婚式場の広告で振袖を着るのかと思っていたら、お見合いから結婚に発展した男女というコンセプトで撮影をするらしい。

着付けスタッフは、手際よく振袖を着付けていく。

仕上げにぐっぐっと艶《つや》のある黒い帯を締められ、身体がきゅっと引き絞られる。

ううっ、着物を着るってほんと大変だわ。

それに、これが終わったら、撮影が始まってしまうんだよね。

はあっ。気が重いよぉ。

わたしのお相手となる男性は、どう思っているのかな？

事前に聞かされた話では、相手役は上月蒼真《こうづきそうま》という二十八歳の男性らしい。

蒼真は設計建築事務所に勤める一級建築士なのだそうだ。香苗から彼の写真を見せてもらったが、モデルに起用されたのも頷けるほどのハンサムだった。

写真で見る限り真面目そうな人だったけど……実際はどうなんだろう？

いい人だったらいいな……

だって、まともな恋愛もできないでいるわたしが、今日初めて会う男性と結婚間近のカップルを演じなきゃいけないんだもの。

苦手なタイプの人だったら最悪だ。

想像しただけで、気が重くなってくる。

香苗曰《いわ》く、素人《しろうと》同士が結婚前のカップルを演じる初々《ういうい》しい臨場感が欲しいのだそうだが……

そんなに上手《うま》くいくわけないじゃない。

伯母さんはこのプロジェクトを絶対に成功させるって意気込んでいるけど、だったら素直にプロのモデルを起用すればよかったのよ。

はあ。わたしのせいで失敗したらどうしよう……社の命運がかかった大仕事、万が一にも失敗できないのに。

考えれば考えるほど、不安がどんどん大きくなる。

やっぱり、どうあっても断るべきだったんだわ。こんな大役、わたしに務まるわけがないんだから。

自信を持てず落ち込んでいる間に、着付けは終ったようだった。

「笹部社長、いかがでしょうか？」

着付けスタッフが、礼儀正しく香苗にお伺《うかが》いを立てる。

「そうねぇ。……伊沢さん、ちょっとその場でゆっくり回ってみて」

「は、はい、社長」

菜穂は仕事中、伯母のことを社長と呼んでいる。そして伯母もまた、菜穂を伊沢さんと呼ぶ。

香苗の指示に従い、菜穂はゆっくりとその場で一回転した。だが、妙に緊張してしまい、動きがぎくしゃくしてしまう。

「もう少し自然に回れないものかしらね」

眉間に皺《しわ》を寄せ、香苗は呆れたように言う。その言い草に、さすがの菜穂もムッとした。

「わ、わたしはプロのモデルじゃありません」

「あら、素人《しろうと》でも、もう少し上手《うま》く回れるわよ。あなた緊張しすぎなのよ」

平然と言い返されて、菜穂はため息をつく。そして、香苗に向かって口を開いた。

「社長、やっぱり素人《しろうと》以下のわたしが一大プロジェクトのモデルなんて、無理ですよ」

社運をかけた一大プロジェクトだというのに、なぜ自分の姪《めい》っ子なんぞをモデルに選んだのか……伯母の考えがさっぱりわからない。

「またそれ？」

「だって、こんな大掛かりなプロジェクトだとは教えてくれなかったじゃないですか。最初からわかっていたら、引き受けたりしなかっ……」

言葉の途中で、パン！　と大きな音がした。

菜穂は驚いて、両手を打ち鳴らした香苗を見る。

「はい。この話はおしまい。すでにプロジェクトは動き出しているのよ」

会話を強引に終了させた香苗は、畏《かしこ》まって返事を待っている着付けスタッフに声をかけた。

「ねぇ、この帯もっと大胆な形に結べないかしら。こぢんまりしていて、なんだか物足りないわ」

「わ、わかりました」

ダメ出しを食らった着付けスタッフは、焦って帯をほどきはじめる。

結局、五回結び直して、ようやく香苗の納得する帯の形になった。

その間、何度もぎゅうぎゅうと帯で身体を絞られた菜穂は、撮影前からすでにぐったりだ。

着物に慣れていないから、立っているだけでも胸が圧迫されて苦しいのに……

胸に手を当てて、ふうっと息を吐く。

「派手ね」

そんな声が耳に入り、菜穂は香苗の方を向いた。彼女は菜穂の顔をじーっと見ている。

「な、なんですか？」

「ちょっと化粧が派手だったかしら……。けど、写真に撮られるなら、このくらい派手にした方が見栄えがしていいわよね」

香苗は何度も角度を変えて菜穂の顔を眺めながら、独り言のように呟《つぶや》いている。

人の顔を派手派手って……すっごい気にしてるのに。

目鼻立ちがはっきりしているせいか、菜穂の顔は化粧をすると途端にケバくなってしまうのだ。

それが嫌だから普段はナチュラルメイクを心がけている。

なのに今日は、専門のメイクさんによって目いっぱい濃い化粧をされてしまった。

おまけに着ている振袖も超ド派手とくれば、きっと顔のケバさが強調されて見えているに違いない。

「手直ししますか？」

メイク担当のスタッフが気を利かせて申し出てくれる。

それに内心で喜んだのも束の間……

「いいわ。まずはこれで試し撮りしましょう。それを見てから決めるわ」

鶴《つる》の一声ともいえる香苗の言葉に、菜穂はがっくりと項垂《うなだ》れたのだった。


それからすぐに、菜穂は試し撮りのため部屋を移動した。

撮影場所は、ホテルの最上階にあるラウンジだ。撮影の間は貸し切りということで、この場にいる人は関係者ばかりなのだが……

思った以上に人が多くて菜穂の緊張が高まる。

「そうそう、伊沢さん」

「は、はい」

顔を上げると、香苗が顔を覗《のぞ》き込んでいた。

「もう一度念を押しておくけど、あなたがわたしの姪《めい》ということは、蒼真さんには内緒ですからね」

「はい、わかっています」

香苗は、自分の身内を起用したことを蒼真に知られたくないらしい。

まあ、変に誤解されるよりはいいかもしれないしね。

菜穂は人が忙しく動き回るラウンジを見回した。

そこに見知った人を見つける。フリーのカメラマンの瀬山仁《せやまじん》だ。

どうやら、今日の撮影は彼が担当するらしい。

彼と一緒に仕事をする機会が多い菜穂としては、ありがたかった。

そこで、仁が見慣れぬ男性と話をしているのに気づく。何気なくその男性に視線を向けた瞬間、なぜか菜穂の心臓がトクンと跳ねた。

え？　なんなの、いまの？

思わず菜穂は自分の胸を見る。

よくわからない反応に首を傾《かし》げつつ、菜穂は顔を上げてもう一度その男性を見た。

あの人……もしかして相手役の上月蒼真さんかしら？

その立ち姿に、菜穂は思わず見惚《みと》れてしまった。

彼にはオーラがあるというか……つい目を奪われてしまうような存在感があった。

香苗が彼をモデルに起用したのも頷ける。

じっと見ていたら、彼女の視線に気づいた彼が、ゆっくりとこちらを向いた。

視線が合い、心臓がやにわに鼓動を速める。

この人と、結婚前のカップルを演じるんだ……

すると彼は、仁と何か軽く言葉を交わした後、菜穂に向かって歩いてくる。

ど、どうしよう、こっちに来ちゃう！

わけもなくおろおろしてしまい、菜穂は思わず顔を伏せた。

蒼真が目の前で立ち止まる。菜穂の視界に蒼真の靴先が映った。

「伊沢さん、ですね？　上月です」

その声は、よく響く低音でとても魅力的だった。菜穂の鼓動がさらに速くなる。

「は、はい」

うーーっ、なんなんだろう？　わたし、なんでこんなに緊張しちゃってるの？

内心で首を傾《かし》げつつ、菜穂は慌てて挨拶《あいさつ》をした。

「伊沢です。今日は、あの……よろしくお願いします」

「こちらこそ、今日はよろしくお願いします。なにぶん、こういうことは初めてで……どうしていいのか途方に暮れています」

蒼真はやわらかい声でそう言う。

上月さん、気さくで礼儀正しい人みたいだ。

そのことにほっとする。

菜穂は深呼吸をして自分を落ち着かせると、しっかり相手の顔を見上げた。

視線が合うと、彼は菜穂に微笑みかけてくれる。

その顔を見ていると、なんだかソワソワしてしまう。

「緊張してますか？」

やさしく問われて、菜穂は正直に頷いた。

「はい」

「大丈夫ですよ。私も緊張していますから、あなたと同じです」

思いやりたっぷりの言葉をもらい、菜穂の緊張がふっと緩《ゆる》んだ。

「今日限りのことです。肩の力を抜いて自然体でいきましょう」

菜穂はふーっと息を吐いた後、笑顔で「はい」と返事をした。

上月さんは二十八歳って聞いてたけど、なんて大人なんだろう。

この人が相手役なら、気の重い撮影もなんとかなりそうだ。

「蒼真さん、伊沢さん」

その時、香苗がふたりに声をかけてきた。

そちらを向くと、彼女は数メートル離れたところで仁と一緒にいる。

「こっちに来てちょうだい」

いよいよ撮影がはじまるのね……

菜穂は隣の蒼真をちらりと見上げる。すると、視線に気づいた彼が微笑んで手を差し出してきた。

え？　何？

きょとんとして彼と手を交互に見る。

「手をどうぞ。着物だと歩きにくいでしょう？」

「あ、ありがとうございます」

うわっ、エスコートしてもらえるの？

これまで男性からこんな風に気遣われたことがなかったので、ドキドキして堪《たま》らない。菜穂は初めての経験に感激しつつ、彼に手を引かれて歩き出した。

たったいま、なんとかなりそうだと思ったのに、こんなことくらいでドキドキしちゃって、今日の撮影大丈夫かな？

「ふたりとも、印象は悪くないようね？」

香苗が笑顔で声をかけてきた。

「わたしからの紹介は、必要ないかしら？」

菜穂は蒼真と顔を見合わせた後、香苗に向かって頷いた。すると香苗は、満足そうに笑って仁に声をかける。

「それじゃ、瀬山君。早速試し撮りをはじめてちょうだい」

「了解。それじゃ、菜穂、こっちに来て」

「はい」

仁に促《うなが》され、菜穂は彼について行った。

「見事に派手だね」

ポーズを指示しながら菜穂の恰好を上から下まで見た仁が、そうからかってくる。

「好きでこんな恰好をしているわけじゃありません」

気心の知れた相手だから、つい素《す》で言い返してしまう。

「社長に無理強《むりじ》いされたか？　けど、菜穂がモデルとは、正直驚いたよ。そんな風にしっかりメイクしているのを見たのも初めてだし……。とにかくきれいに撮ってやるから俺に任せとけ」

そう言って彼はウィンクした。甘いマスクをした仁は、そんな仕草も凄く様《さま》になる。

兄のような存在の仁と話したことで、自然と緊張がほぐれたようだ。

上月さんとも、こんな風に自然に接することができたらいいんだけど……

それからすぐに試し撮りがはじまった。

カメラを向けられて、初めはどうにも緊張してしまったけれど、仁が巧みに緊張をほぐしてくれる。

カメラマンが仁でよかった。もし別の人だったら、きっとこんな風に自然にカメラの前でポーズを取ったりできなかったはずだ。

少し気持ちに余裕が持てたら、蒼真のことが気になった。

そういえば、上月さんはどうしてるんだろう？

仁が写真のチェックをしている間に、菜穂は周囲を見回して蒼真を探した。

彼は窓辺に立って、じっと外の景色を眺めている。

あそこから素敵な景色でも見えるのかしら？

その時、「菜穂」と仁から声がかけられた。

しまった！　試し撮りの最中なのによそ見しちゃった。

「ごめんなさい」

焦って謝った菜穂は、仁の構えるカメラの方を向いた。

そうしてまた何枚か撮ったところで、仁は「よし、いいだろ」と口にする。そして、撮影の様子を見守っていた香苗に歩み寄っていった。

「あら、いいじゃないの。やっぱり、化粧は派手なくらいがいいみたいね」

試し撮りの画像を確認しながら香苗が言う。

気になった菜穂は、ふたりに近寄って仁の手元を覗《のぞ》き込む。そこには、自分とは思えない美女の姿が写っていた。

「これ、わたし……？」

「ああ。美人に撮れてるだろ？」

びっくりだ！　実物とまるで印象が違う。これぞ、仁の撮影技術のたまものか。

「それじゃ、試し撮りはここまでにして、撮影の準備に入りましょう。伊沢さん、あなたは準備が整うまで蒼真さんと一緒にいてちょうだい」

そう言って、香苗は仁と行ってしまう。

ひとり残された菜穂は、変わらず窓の外を眺めている蒼真の背中を見つめた。

一緒にいてと言われたが、なんとなく声をかけにくい雰囲気を出していて、蒼真に歩み寄って行けない。仕方なく菜穂は、彼のいる窓とは別の窓辺に向かった。

すると、背後から「伊沢さん」と蒼真に呼びかけられる。

菜穂はドキリとして振り返った。なんと蒼真が自分の方に歩み寄ってくる。

「まだ撮影には入らないのかな?」

「は、はい。これから準備するそうです。準備が整うまで待っていてくれと言われました」

「そうですか」

蒼真は忙しく動き回るスタッフに目を向けた後、ゆっくりと視線を菜穂に戻した。

「先ほど、試し撮りの様子を見ていましたが、その振袖はあなたによく似合っていますね」

耳に心地いい声で褒《ほ》められて、菜穂の頬に熱が集まる。

「あ、ありがとうございます。でも……この振袖、かなり派手ですよね?」

「いいえ、あなたにはそれくらい派手な方がいいと思いますよ」

これは、褒《ほ》められてるのよね?

化粧も振袖も派手すぎて恥ずかしく思っていたけど、普段のわたしを知らなければ、あまり気にならないのかもしれない。

この人の目に、いまのわたしはどんな風に映っているんだろう?

ふと、そんなことが気になってしまった。

「そうだ、伊沢さん」

「は、はい」

考え込んでいた菜穂は、急に声をかけられてびっくりする。

「ここからの眺め、もう見ましたか？」

「いえ……」

「なら、見た方がいい。とても素晴らしいですよ」

笑顔で勧められ、菜穂は蒼真の立っていた窓辺に歩み寄った。

「わあっ、ほんと」

そこからは、海が一望できた。淡いブルーの海面が、陽射しを浴びて銀色にキラキラと輝いている。弓のように弧を描く砂浜がとても美しい。

「海を見るのは久しぶりです」

今日は気持ちのいい秋晴れだ。

せっかくなら、砂浜まで行って思いっ切り海風を味わいたいかも。撮影が終わったら、散歩して帰ろうかな。

菜穂は蒼真に顔を向け、笑顔で話しかけた。

「いいお天気だし、海辺を散歩したくなりますね？」

すると、なぜか彼は菜穂の顔をじっと見つめてきた。

「……それは、お誘いですか？」

「え？　……あっ、い、いえ……そういうつもりでは！」

動揺のあまり焦って否定したら、苦笑した蒼真に手を差し出された。

その意味がわからず、彼の手をじっと見つめてしまう。すると彼に手を取られた。

な、なにっ!?

びっくりして思わず蒼真を見上げてしまう。

そんな菜穂に、蒼真は魅力的な笑みを浮かべた。

「それは残念」

ええ？　それってどういう意味!?

「あ、あの……上月さん？」

「撮影、協力して頑張りましょう」

菜穂は目を白黒させて、ただ「はい」と頷いた。

なんなの、もおっ。わたし、上月さんに振り回されてばっかりだ。

この人に見つめられると落ち着かないし、言動にもドキドキさせられっぱなしで……

わたし、いったいどうしちゃったんだろう？

自分が思うよりもひどく緊張してしまっているのか、繋《つな》がれた手に汗が滲《にじ》んでくる。いたたまれなくなった菜穂は、必死に話題を探した。

「あ、えっと、上月さんは、一級建築士なんですよね？」

「ええ」

「建物を一から設計するなんて凄いです。わたしには想像できないくらい大変なお仕事なのでしょうけど……自分の設計した建物が形になるのは嬉しいでしょうね？」

感じたままを蒼真に伝えると、彼は何も言わずに菜穂を見つめてきた。

「あの？　上月さん？」

「ああ……そうですね。最高の気分ですよ」

「やっぱり！　いつか、上月さんが手掛けた建物を見せていただきたいです」

「そう……ですね。機会がありましたら、ぜひ」

ぜひという言葉に、菜穂は期待に胸を膨《ふく》らませた。

「蒼真さん、伊沢さん。ふたりともこっちに来てちょうだい。撮影の準備が整ったわ」

香苗から声がかけられた。

蒼真は菜穂の方を向き、「では、頑張りましょう」と笑顔で言ってくる。

菜穂も笑顔で頷き、手を繋《つな》いで香苗たちのところへ行った。

そして、ふたりでの撮影が始まる。

まずは、仁の指示でゴージャスなふたり掛けのソファーに並んで座る。

ふたり掛けといっても、あまり大きくなく並んで座ると身体がくっついてしまう。

それがどうにも落ち着かなくて、ソワソワしてしまった。

「伊沢さん、じっとして。表情も硬すぎるわ。もっとリラックスして」

しょっぱなからダメ出しを食らってしまい、恥ずかしさに俯《うつむ》く。

「す、すみません」

謝ったものの、どうリラックスすればいいのかわからない。

「まず、そのガチガチの肩から力を抜きなさい」

香苗からそんな指示をもらい、なんとか肩の力を抜こうと試《こころ》みる。

必死になって両肩を上下させていたら、隣で蒼真がくすくす笑い出した。

菜穂は恥ずかしさに真っ赤になる。

すると、蒼真がおもむろに菜穂の肩に腕を回してきた。思わぬことにぎょっとしてしまい、さらに肩に力が入る。

うわわ！

蒼真はガチガチの肩をほぐしてやろうと考えたらしい。なんと菜穂の肩を揉《も》みはじめた。

蒼真のやさしさは嬉しかったが、残念なことに逆効果だ。

ますます真っ赤になって身を強張《こわば》らせた菜穂に向かって、香苗の厳しい声が飛ぶ。

「伊沢さん、ちゃんとしなさい！」

「は、はいっ」

返事をするも、たくさんのスタッフのいる前で叱責《しっせき》され、恥ずかしいどころではない。しょぼくれそうになる自分を、菜穂は叱《しか》りつけた。

しっかりしろ！　バカみたいに恥ずかしがってる場合じゃないわ！

このままではみんなに迷惑をかけてしまうのよ！

菜穂は意を決して勢いよく立ち上がり、その場で軽くジャンプした。

「伊沢さん？」

「菜穂？」

蒼真と仁が驚いたように呼びかけてくる。

突然の菜穂の行動に、この場にいるみんなが驚いたことだろう。だが、いまはそれを意識しないことにする。

菜穂はストレッチの要領で両手を頭上で組み、爪先立《つまさきだ》って大きく伸びをした。

よし。ちょっと身体がほぐれた気がする。

菜穂はみんなの方を向いて、頭を下げた。

「申し訳ありませんでした。もう大丈夫です。お願いします」

菜穂は頭を上げ、元通りソファーに座る。

これは仕事だ！

菜穂はしっかりと気持ちを切り替えた。

恋人らしい雰囲気を心がけて、隣に座る蒼真に軽く身を寄せる。

それを見た香苗は「いいじゃないの」と口にして、仁に声をかけた。

「それじゃ、瀬山君お願いね」

「了解」

仁は早速カメラを構えた。

そうして、角度を変え、ポーズを変えての撮影が続く。

「今度は互いの目を見て、笑い合って」

その指示に従い、蒼真と目を合わせたものの、笑みを浮かべるのはどうにも照れ臭い。

だが、蒼真の方は完璧だ。

「上月さんは文句なし。ほら、菜穂、笑って」

「は、はい」

菜穂が蒼真の方を向いて、微笑もうとした——その時。

蒼真が急に変な顔をした。あまりにびっくりして思わずその場で固まってしまう。

直後、蒼真が視線を逸《そ》らして、ぽつりと呟《つぶや》いた。

「おかしな顔をしたら、自然に笑えるかと思ったんですが……」

そ、そうだったの？

「すみません。せっかく気を遣っていただいたのに、驚いてしまって……次はちゃんと笑います」

「次⁉」

驚いたように口にした蒼真は、次の瞬間思い切り噴き出した。そのまま声を上げて笑う。

「まさか、次と言われるとは思わなかったな」

「えっ、すみません。次はなかったですか？」

真面目に言ったら、蒼真はまた笑う。

なんか空回ってばっかりだ、わたし。

でも、笑っている蒼真を見ていたら、少し気持ちが楽になった。

「ありがとうございます。上月さん」

自然に微笑んでお礼を言うと、笑いを収めた蒼真が肩を竦《すく》めた。

その後は、拍子抜《ひょうしぬ》けするくらい撮影は上手《うま》くいった。

「はい。ここでの撮影は、これでオッケーよ。それじゃあ、場所を移動しましょう」

香苗のオッケーの言葉にほっとした菜穂は、蒼真の方を向いて微笑んだ。すると、彼も菜穂に微笑み返してくれる。

「上月さん、やりましたね！」

「ええ。この調子で早く終わらせましょう」

「はい」

今度は花に囲まれての撮影だった。きれいな花がいっぱい飾られたセットの中に、蒼真と並んで立つ。

「それじゃ、向かい合って、手を握って」

一瞬躊躇《ためら》うものの、これは仕事であり演技なんだと自分に言い聞かせる。

うん、照れずに行こう。

菜穂は、仁の指示に従って蒼真と手を握り合った。

すかさず仁がシャッターを切りはじめる。

照れずに行こうと思ったものの、勝手に爆走する心臓は自分の意思では歯止めが利かない。その鼓動が目の前の蒼真に伝わってしまうんじゃないかと気が気じゃなかった。

彼と手を取り合って見つめ合ったまま、菜穂は落ち着かない時間を過ごす。

オッケーが出るまでの時間が、とんでもなく長く感じられた。

それからも、場所を変えては様々なポーズを取らされることになった。

その間、蒼真は常に礼儀正しく紳士的だった。そして事あるごとに、菜穂を気遣い、やさしく励《はげ》ましてくれた。

蒼真という存在が、菜穂の中でどんどん大きくなっていく。

そしてついに、撮影は終了の運びとなった。

「はい。これで今日の撮影は終了よ。みんなお疲れ様」

パンパンと手を叩き、香苗がみんなに声をかけると、場がほっとした空気に包まれた。

もちろん菜穂も胸を撫で下ろす。無事に終わって本当によかった。

同時に、これで終わりかと思うと、少し残念な気持ちになる。

菜穂は隣に立っている蒼真を見上げた。

撮影の間に、彼ともすっかり打ち解けられたけど……これっきりもう、会うことはないのかな？

そう思ったら、急に寂しさを感じた。

これっきりにしたくないなぁ。

いつになく、強くそんなことを思う。

連絡先、交換してくれないかな？

「あの、上月さん」

思い切って声をかけると、蒼真が菜穂を見る。

菜穂は改めて、蒼真と向かい合った。

「わたし、上月さんがいてくれたおかげで、なんとか撮影をやり遂げることができました。本当にありがとうございました」

そう言って頭を下げる。

「いえ。……あの、伊沢さん。先ほど瀬山さんから聞いたのですが……あなたが笹部さんの姪《めい》だというのは、本当ですか？」

えっ？　仁さん、話しちゃったの？

伯母さんから、蒼真さんにふたりの関係は内緒って念を押されてるし、できれば否定したいところだけど……彼に嘘はつきたくない。

「本当です」

悩んだあげく、こくりと頷いたら、蒼真の眉がきゅっと上がる。

なぜか、彼の雰囲気がこれまでと微妙に変化したように感じた。

「あの、どう……？」

不思議に思って声をかける。すると蒼真は、その言葉を遮《さえぎ》るみたいに姿勢を正した。

「では、私はこれで失礼します。伊沢さん、お疲れ様でした」

「あっ、はい。……お疲れ様でした」

菜穂の挨拶《あいさつ》を最後まで聞かずに、蒼真は踵《きびす》を返す。

急に態度を変えた彼の背中を、菜穂は困惑して見つめるよりなかった。

※

「待ってください。そんな話は聞いていませんが！」

菜穂の前から立ち去り、香苗に挨拶《あいさつ》していた蒼真が急に大声を上げた。

その場にいる全員の視線が彼に集まる。

いったいどうしたんだろう？

だが、先ほどの彼の態度が尾を引いて、近寄ることもできない。

その時突然、蒼真が菜穂を振り返った。

じっと見つめられ、その視線の強さに戸惑ってしまう。

すると、香苗が菜穂に声をかけてきた。

「伊沢さん、ちょっとこっちに来て」

香苗に呼ばれては行かないわけにいかず、菜穂はおずおずとふたりに歩み寄った。

「それじゃ、行きましょうか」

行く？

「あの、社長。行くってどこに？」

「ついてくればわかるわ」

「笹部さん、私はこの後予定があるんですが」

蒼真は苛立ったように香苗に声をかける。

先ほどまでの人当たりの良い雰囲気とは別人みたいな彼の態度に、菜穂は困惑した。

「蒼真さん、お忘れかしら？　撮影時間は午後一時までの予定だったはずよ。まだ十一時半だわ」

ぴしゃりとそう言われて、蒼真はむっつりと黙り込んだ。結局彼は、ついて行くしかないと諦めたようだった。

どこに連れて行かれるのかわからないし、蒼真は黙り込んでしまっているし、どうにも落ち着かない。

よくわからないけど……上月さんの雰囲気がおかしくなったのは、わたしが伯母さんの姪《めい》だとわかってからだ。

まさか、こうなることがわかっていたから、伯母さんはわたしに口止めしたの？

でも、伯母さんの姪《めい》だから、なんだっていうんだろう……

香苗に連れて行かれた先にはなぜか菜穂の母親の咲子《さきこ》がいた。ますます菜穂は困惑する。

そんなに広くない部屋の中にはテーブルと椅子がセットされており、咲子と見知らぬ女性が向かい合って座っていた。

「ど、どうしてここにお母さんが？」

驚いて声を上げたら、咲子は笑って立ち上がった。

「蒼真さんのお母様の瑛子《えいこ》さんと、お話ししながら待っていたのよ」

えっ？　上月さんのお母様？

咲子の正面に座る品のよい女性が、菜穂に向かって微笑みかけてきた。

感じのいい人だ……って、いや、いまはそんなことじゃなくてっ！

「母さん。これはいったいどういうことです？」

蒼真も驚いた様子で、自分の母親に問いかけている。

「何を言っているのよ。あなた方《がた》のお見合いでしょう？」

は？　お、お見合い？

ど、ど、ど、どういうことーーっ!?

「さあ、ふたりも座って。お料理もそろそろ出てくると思うから」

香苗は菜穂の背中を押し、空いている席に座るように促《うなが》してくる。

「香苗伯母さん、これはどういうことなの？」

「どういうことも何も、あなたたちのお見合いをはじめるのよ」

はあーー!?

「ちょっと聞いてちょうだい、ふたりとも」

愕然《がくぜん》と立ち尽くす菜穂を置いて、香苗は母親たちに先ほどの撮影の様子を楽しげに語り出した。

「もう、すっごくいい感じだったわよ。本物の恋人同士みたいだったんだから。ほら、この画像を見てちょうだい」

香苗はそう言って持っていたタブレットパソコンをテーブルに置き、ふたりに画像を見せる。

仲の良さそうなカップルに見える菜穂たちの画像が映し出されて、菜穂は顔が引きつりそうになった。

ちょっと待って。この事態をいったいどう受け止めればいいの？

菜穂は救いを求めるように蒼真を見た。だが、彼はいままでとは別人のように無表情で、とても声をかけられる雰囲気ではない。

「まあ、ほんと。ふたりは、すっかり仲良くなったのね」

蒼真の母親の瑛子に嬉しそうな笑みを向けられ、菜穂はどう反応していいかわからなかった。

「お見合いのこと、香苗さんに相談してよかったわ」

状況に困惑したまま立ち尽くしていたら、料理が運ばれてきてしまう。

この雰囲気に水を差すこともできず、菜穂は仕方なく咲子の隣に座った。

蒼真も無言で用意された席に座る。

――そして、まったくもって寝耳《ねみみ》に水な、蒼真とのお見合いがはじまった。

食事の間、蒼真は礼儀正しくしていたが、その表情はひどく硬い。

こんなだまし討ちみたいな見合いをセッティングした香苗に対して怒っているのだろう。

状況は菜穂も蒼真と同じはずだ。けれど、正面に座る彼からひしひしと強い怒りを感じて、いたたまれなくなってくる。

「蒼真は仕事ばっかりで、少しも結婚を考えてくれなくてね。もう二十八になるし、香苗さんに誰かいい人がいないかしらってお願いしていたの。そしたら菜穂さんのような美しいお嬢さんを紹介してもらえて嬉しいわ」

その褒《ほ》め言葉に顔が引きつる。そんな娘の気も知らず、咲子は嬉しそうだ。

ああーっ、もうっ、この場から逃げ出したい。

なのに、瑛子の言葉はまだ続く。

「蒼真よかったわね。わたしも菜穂さんがあなたのお嫁さんになってくれたら嬉しいわ」

お嫁さんだなんてとんでもないです！

無言を貫く蒼真の機嫌が、どんどん悪くなっていくのを感じて内心青くなる。

せっかくの美味《おい》しそうな食事も、まったく味わえなかった。

ようやく食後のコーヒーを飲み終わる。これで針の筵《むしろ》から解放される、とほっとしたのも束の間、香苗が「後は若いおふたりで」と見合いの常套《じょうとう》句を口にした。

そして、本当に母親たちを連れて、部屋からいなくなってしまったのだ。

ふたりきりにされて、もの凄く気まずい。

「あ、あの……なんだか、よくわからないことになっちゃいましたね？」

とりあえず愛想笑いを浮かべたら、不機嫌な顔で睨《にら》まれた。

これって、八つ当たり？

突然のお見合いに驚いたのは、わたしも同じなんですけど。

胸の中で不満を呟《つぶや》いていたら、蒼真がすっくと立ち上がった。菜穂は思わず彼を見上げる。

「まさか、こんな罠に嵌《はま》るとは……」

は？　罠？

「言っておくが、私は君にこれっぽっちも興味はない！」

怒りとともに断言され、菜穂はあまりのことに言葉を失う。

「君に対して愛想よくしていたのは、さっさと撮影を終わらせるためだ」

吐き捨てるように言い放たれた言葉に、全身がすっと冷えていく。

そうか。すべて偽りだったんだ……

やさしい微笑みも気遣う言葉も、全部……嘘だったんだ。

心臓が嫌な感じで大きく波打ち、じわりと手が震える。

こんなにもショックを受けている自分を知られたくなくて、菜穂はぐっと両手を握り締めた。

彼の本心も知らずに、勝手にドキドキして……わたし、バカみたい。

菜穂は俯《うつむ》いて、じっと蒼真の言葉を聞いていた。だが――

「それに私は、君のように外見のケバイ女性は大嫌いでね」

ケバイだぁ？

怒りと悲しみが同時に胸を突き上げてきて、菜穂は勢いよく立ち上がった。

「こっ、こっちだって、あなたみたいな人、願い下げよっ！」

いくらだまし討ちみたいな見合いに腹が立ったからって、こんな風に一方的に怒りをぶちまけたあげくに罵声《ばせい》まで浴びせるなんて……この人最低だ！

それも、よりにもよってわたしが一番気にしていることを……

菜穂は込み上げてくる涙を必死になって堪《こら》えた。

この人の前で絶対に泣くもんか！

精一杯相手を睨《にら》みつけると、蒼真はあてつけがましくお礼を言ってきた。

「それはよかった。ありがとう」

つっ……！

苦しいほどに熱いものが胸にせり上がってきて、菜穂は息を止めた。息を吐いたら、堪《こら》えているものが全部涙となって溢《あふ》れ出してしまいそうだった。

もっと何か言ってやりたいのに、悔しい！

「この見合い、君から断っておいてくれ。では失礼」

そう言って、蒼真は振り返ることなく部屋を出て行った。

一人になり、菜穂はふらふらと椅子に腰を落とす。

悲しみを含んだ虚《むな》しさが胸を侵食してくる。

同時に、そんな気持ちを抱いている自分が許せず、菜穂は力いっぱい胸を押さえた。

わたしは傷ついてなんかいない。あんな人どうだっていい。

けど、もっと言い返してやりたかった！

口惜しさともどかしさを抱え、菜穂は着替えるために最初の部屋に戻った。

慣れない着物をなんとか一人で脱ぎ、化粧を落とそうと洗面台の前に立つ。

菜穂は、鏡に映るケバイ自分をじっと見つめた。

「つっ……」

堪《こら》えていたものが一気に溢《あふ》れ出て、涙がボロボロと零《こぼ》れ落ちる。

「ううっ、ううっ……」

声を殺して泣きながら、菜穂はクレンジングクリームを手に取った。それを乱暴に顔に塗りつけ、憎い敵《かたき》のように化粧を落とす。

泣くんじゃないの。あんな男どうだっていいじゃない。もう会うこともないんだから。

そう自分に言い聞かせるのに、頭の中で何度も何度も、蒼真の言葉が繰り返される。

『私は、君のように外見のケバイ女性は大嫌いでね』

ケバくて悪かったわね!!

傷ついた。傷ついた。傷ついたっ！

撮影の時の彼に、好感を持ちすぎたんだ。あのやさしい笑顔も、やさしい言葉も、やさしい行為も、全部仕事を早く終わらせるための演技だったのに。

もしも、こんなことにならなかったら、わたしは彼の本心を知らないまま別れていたんだろうな。

また会いたいと思いながら……

こうなって、よかったかも。

そうよ。彼の本心がわかってよかったんだ。

自分を納得させるように、菜穂はうんうんと何度も頷いた。

そうして気持ちが落ち着いてくると、今度はじわじわと蒼真への怒りが湧き上がってくる。

彼は去り際、菜穂から見合いを断ってくれと言った。

どうして、わたしがあの人の指示に従わなきゃならないのよ。

ケバイ女と言われた恨み、一生忘れないんだから！

誰がこっちから断ってやるかっての。

困ればいいんだわ。バカ上月めっ！

お前なんか、二度とわたしの目の前に現れるなっ！

記憶の中の蒼真に子供っぽい罵声《ばせい》を散々浴びせた菜穂は、ちょっとだけ溜飲《りゅういん》を下げたのだった。

※

ああ、清々《すがすが》しい。

ケバイ化粧を落としてほぼすっぴんになった菜穂は、お気に入りのワンピースと薄手のカーディガンに着替えてホテルを出た。

脱いだ着物をどうすればいいのかわからず困ったが、着付けスタッフがやってきて片付けてくれた。

足取りも軽く駐車場へ向かう。

振袖の後だからか、普段の恰好が超らくちんに感じた。

そのまま車の所に行こうとした菜穂は、ふと聞こえてきた波の音に足を止める。

砂浜の散歩……

蒼真との会話を思い出してしまい、菜穂は顔を歪《ゆが》めた。

あの時は気づかなかったけど、いま思えばあれも嫌味だったんだろうな。

思わせぶりに残念ですなんて言ってたけど、腹の中では、お前のようなケバイ女の誘いなんて受けるわけないだろう……とか思われていたのかもしれない。

そう考えたら、また腹が立ってきた。

「あーーっ」

怒りを晴らそうと、菜穂は思い切り声を出した。

それですっきりできたらいいのだが、かえって思い出してしまい落ち込んでしまう。

菜穂は気分転換もかねて、砂浜に下りてみることにした。

せっかく海辺まで来たんだから、見て帰らないともったいないよね。

菜穂はくるりと踵《きびす》を返すと、背筋を伸ばして歩き出した。


うわーっ、気持ちいい。

心地よい風が頬を撫でていく。

海の色も、キラキラ光る水平線もとても美しい。

ザザーン、ザザーン、と打ち寄せる波の音に、傷ついた心が癒《いや》されていくようだ。

散歩に来てよかった。

菜穂は波打ち際まで歩き、足元に目を向けてみた。小さな貝殻が、いくつか砂から顔を出している。屈《かが》み込んで貝殻に手を伸ばそうとしたその時、巻き上げるような風が吹きつけてきた。

ワンピースのスカートが大きく膨《ふく》らみ、菜穂は慌ててスカートを押さえた。その瞬間、目に違和感を覚える。

「あっ！」

どうやら目にゴミが入ったようだ。

涙でゴミを押し出せないものかとぱちぱちと瞬《まばた》きを試《こころ》みるが、これが痛いのなんの。

なんなのよぉ。ようやく気持ちがすっきりしたところだったのに……

結局ついてない自分に悲しくなり、菜穂はその場にしゃがみ込んだ。

目の痛みで、ポロポロと涙を零《こぼ》していたら、背後から砂を踏む足音が聞こえてくる。

「あの、大丈夫ですか？」

控えめに声をかけられ、菜穂はドキリとした。

こ、この声……ケバイ発言しやがった最低野郎の声に似てるけど……まさかよね？

せっかく気持ちを切り替えに来たのに、彼と再会するなんて勘弁して！

何も答えずにいたら、その人は菜穂の側までやって来た。

「体調でも悪いんですか？」

やっぱり上月さんだ！

心配そうに声をかけられ、なんとも複雑な気持ちになる。彼は声をかけたのがわたしだって気づいてないいんだ。

「ご気分が悪いようでしたら、休めるところまでお連れしましょうか？」

思いやりのある言葉に胸がムカムカする。わたしにはあんなひどい態度を取っておいて……他の人には普通にやさしいんだ。

わたしだって気づいたら、また態度を一変させるんだろうな。

そんな風に考えた瞬間、胸が切なく疼《うず》く。

……なんだか、もうどうでもよくなってきた。

さっさとわたしだって気づいて、この場からいなくなってほしい。

「目に……ゴミが入っただけです」

どうでもいいと思った割には、ぼそぼそと言ってしまう。

「そうでしたか。……あの、よかったら、どうぞ」

目の前にハンカチを差し出され、菜穂はそれを凝視してしまう。

一秒二秒と沈黙が続き、ハンカチが引っ込められた。

せっかくの厚意を無にしてしまったことに、軽く罪悪感を覚える。

「まったく使っていないわけではないから……嫌かな。ティッシュでも持っていればよかったんだが……」

申し訳なさそうに言われて、涙が込み上げそうになる。

この人のやさしさなんて知りたくない。

すぐにもこの場から立ち去りたくなった。立ち上がろうとしたら、彼はさりげなく手を貸してくれようとする。その手を無視して立ち上がったら、砂に足を取られてよろけてしまった。

「おっと」

傾いた身体を蒼真が支えてくる。驚いた菜穂は思わず顔を上げてしまった。

間近で目が合い、蒼真が目を見張る。

あ、気づかれた。

すぐにも態度を豹変させると思ったのに、彼は菜穂の顔を凝視したままだ。

「あ、あの……」

不審に思って声をかけると、彼はハッとしたように手を離し、「ああ、すみません」と言う。

えっ？　顔を合わせたのに、まだわたしだって気づいてないの？

あっ、そうか……！　化粧をしていないから、わたしってわからないんだ。

それならそれでありがたい。こうなったら、他人の振りをしたまま、この場から立ち去ろう。

「ご心配いただいてありがとうございました。もう大丈夫ですので、これで失礼しま……」

「え、その声……まさか……」

し、しまったっ！　声でバレた!?

菜穂は蒼真を突き飛ばすようにして身を翻《ひるがえ》し、その場から飛んで逃げたのだった。

ホテルを後にした菜穂は、車でまっすぐ自分の勤める会社に向かった。突然の見合いの件を、社長である伯母の香苗から詳しく聞かせてもらうつもりだ。

しばらく車を走らせると、前方に淡いグリーンの建物が見えてきた。ここが菜穂の勤める笹部広告代理店だ。

駐車場に車を停め、明るいエントランスに入る。

二年前に建てられたばかりのこのオフィスは、有名な建築士が設計したものらしい。

内部の構造は独創的で、まるで次元の違う世界にいるような気にさせられる。どの部屋もとても個性的だが、それでいて居心地もよかった。

受付の子に挨拶《あいさつ》し、菜穂は階段を上がっていく。

そのまま、まっすぐ社長室に向かった。

ドアは大きく開け放してあり、外から部屋の中にいる香苗が見えた。

「社長」

入り口から声をかけると、香苗が顔を上げてにっこり笑う。

「戻ったのね。どうぞ入って」

菜穂は中に入り、香苗の正面に立った。

「先ほどのお見合いについて、説明していただきたいんですが」

「説明も何も……わたしは頼まれてお見合いをセッティングしただけよ」

「上月さん、嫌がってらっしゃいましたよ。それはもうとんでもなく!!」

「そうでしょうね。これまでも、何度か見合いを勧めていたけど、まったく話にならなかったのよ。だから、今回は有無を言わさず強行してみたの。あなただって、事前に話していたら、素直にお見合いした？」

「いえ……」

「ほら、ごらんなさい。結婚の意志のまったくないあなたを、咲子やわたしがどれほど心配しているか……」

確かに母と伯母は、菜穂に結婚してほしがっている。そんなふたりに、事あるごとに結婚する気はないと、きっぱり言ってきたのは菜穂だ。

それで上月さん同様、わたしにも強硬な手段に出たわけか。

「まさか伯母さん。わたしにお見合いをさせたくて、今回のプロジェクトのモデルに起用したの？」

「バカ言いなさい！　そんな理由で、大事なモデルに起用したりしないわ。素人《しろうと》で、なおかつモデルとしての華やかさもあると見込んだからあなたに頼んだのよ。それは蒼真さんも同じ」

菜穂は安心した。確かにこの伯母なら私情をビジネスに持ち込むはずはない。

香苗は菜穂に顔を近づけて、にやっと笑う。

「やっぱりわたしの見る目は確かかね。あなたたち、とてもお似合いだったわよ」

お似合いの言葉に、菜穂の顔が引きつる。

伯母さんは、彼の本性を知らないから……

「おかげで今日は、最高の写真が撮れたわ」

香苗は机の上に置いてあったタブレットパソコンを手に取り、今日撮った画像を開いて眺める。

「うーん、いいわぁ。さすが瀬山君ね。彼の腕は確かだわ」

撮影の間のふたりは、きっと誰が見ても本当に仲が良く見えただろう。自分でもそう思っていたくらいだし。

思い出して、菜穂はぎりっと奥歯を噛み締める。

あの時の自分が悔しくてならない。

「それは全部、上月さんの演技だったの！」

これ以上黙っていられず、菜穂は怒りを込めて叫んだ。

「演技？」

「そう。撮影を早く終わらせるために、別人みたいに愛想よくしてたのよ、彼は！」

内心の憤《いきどお》りのまま蒼真の本性を告げた菜穂に、なぜか香苗は納得したように頷いた。

おかげで、こっちは肩透《かたす》かしを食らった気分だ。

「伯母さん？」

「さすが蒼真さんね。演技であれだけできるなら、大したものじゃない」

感心したように言う香苗に、菜穂は面食らってしまった。

「そこは感心するところじゃないでしょう？」

「あら、あなたこそいったい何を怒っているの？　演技だろうが、撮影は上手《うま》くいったんだし問題ないじゃない。……うん？　菜穂ちゃん、あなたどうして蒼真さんが演技してたって、わかったの？」

「あの人、ふたりきりになった途端、自分でそう言ったのよ」

「あらまあ。ちょっと詳しく聞かせてちょうだいよ」

香苗は、それはもうワクワクした顔で尋ねてくる。菜穂はムッとした。

「伯母さん、楽しまないでよ」

こっちは、とんでもなく傷ついているのに。

「あの人、わたしにはこれっぽっちも興味はないって。それで……」

思い出すたびに怒りに震えてしまう。そして悲しすぎて涙が込み上げそうになるのだ。

「彼はなんて言ったの？」

菜穂は香苗を蒼真であるかのように、睨《にら》みつけた。

「わたしみたいなケバイ女は大嫌いなんだってっ！」

「ほっほぉ〜っ」

「だから感心しないでっ！　あんなやつ、こっちだって願い下げなんだからっ！」

「そう言ってやればよかったじゃない」

「言ってやりましたっ！」

「あらま」

香苗は笑いながら目を見張る。

「そうしたら、顔色も変えずに『それはよかった。ありがとう』って」

その様子が目に浮かんだのか、香苗は目尻に涙を浮かべて大笑いする。

伯母さんときたら……こっちはすっごく傷ついたのに。

でもこれで、この見合いは大失敗だったとわかっただろう。

彼とはもう二度と会うことはないと思ってほっとしつつ、なぜか胸にぽっかり穴が空いたような気持ちになった。

「それで彼は出て行っちゃったわけね？」

「ううん。最後にもう一言言われた」

「あら、何を？」

「この見合いは、君から断ってくれって」

「ふーん。で、断るわけ？」

菜穂は、首を横に振った。

「断らないの？」

「もちろん断りたいわ。けど、一方的に命じられて、その通りに動くなんていやだもの」

「よくぞ言ったわ。それでこそわたしの姪《めい》っ子よ」

「はい？」

「菜穂ちゃん、実はね」

香苗は、最高にウキウキした表情で身を乗り出してくる。

嫌な予感がして、菜穂は一歩後ろに下がって身構えた。

香苗は内緒話でもするように「まだ続くの」と言って、にんまり笑う。

「え？　続くって、何が？」

「撮影よ。一大プロジェクトの撮影が、まさか一日で終わるなんて思ってた？」

な、な、なんですって⁉

「お、思ってましたけどぉ～！」

菜穂は声をうわずらせた。

「おバカさんねぇ。そう簡単に終わらないわよ。全国規模の結婚式場の広告なのよ。テレビコマーシャル放映だって予定してるんですからね」

テレビコマーシャル？

「ちょ、ちょっと待って……ご、ごほっ、ごほっ、ごほっ」

驚きが大きすぎたせいか、ひゅっと喉が詰まり、菜穂は激しく咳き込んでしまう。

「あらあら、大丈夫。お水持ってきてあげましょうか？」

「……ううっ」

み、水より……話を……

「コッ……コマーシャルって……まさかと、思うけど……」

咳き込みそうになるのを必死に我慢して、必死の形相《ぎょうそう》で香苗に問いかける。

「もちろんあなたと蒼真さんに出演してもらうわ」

「じ、辞退しますっ‼」

きっぱり言ったら、鼻先であしらわれた。

「それが通用しないことは、いい加減わかっているでしょう？　何度も同じことを言わせないでちょうだい」

冷たく突き放されるが、ここで引き下がるわけにはいかない。

菜穂は真っ向から言い返す。

「だって話が違うもの！　この仕事を引き受けた時、コマーシャルなんて説明は、一言も……」

「だまらっしゃいっ！」

大迫力の一喝に、菜穂は竦《すく》み上がった。

「プロジェクトはすでに動きはじめているのよ。いまさら、辞退なんて無理に決まってるでしょう。大人なら、大人の対応をなさい！」

そうは仰《おっしゃ》いますが……！

蒼真との関係はすでに最低最悪だ。それなのに結婚式を目前にした熱愛カップルを演じるなんて、どう考えても無理でしょ!!

急に目眩《めまい》がしてきて、菜穂は天を仰いだ。

いったいこれからどうなっちゃうのよ～～！

2　不倶戴天《ふぐたいてん》

土曜日の朝。

ついに二度目の撮影日がやってきてしまった。

自宅の二階のベランダで、手すりに凭《もた》れかかった菜穂は重い息を吐き出した。

「あー、気が重いよぉ。鉛《なまり》のように重いよぉ。行きたくないよぉ」

蒼真と顔を合わせることを思うと、胃がどよーんとして吐きそうだ……

「ううう……」

菜穂は口と胃を同時に押さえて顔を歪《ゆが》める。

このまま体調が悪化してくれたらと思うのに……この吐き気は単なるストレスによるもので病院に行くまでもない。この健康体が恨めしいっ！

その時、部屋のドアがノックされ母の咲子が顔を覗《のぞ》かせた。

「菜穂、そろそろ出かける時間じゃないの？」

「う、うん」

まったく行きたくないけれど、仕事をずる休みするわけにはいかない。

菜穂は仕方なくベランダから部屋に戻り、バッグを手にして部屋を出た。

「どうしたのよ？　元気がないみたいだけど？」

母が心配そうに声をかけてくる。菜穂は「モデルがね」と苦笑いして答えた。

お母さん、上月さんとの見合いが上手《うま》くいっていると思ってるのよね。

彼にひどいことを言われたことは、さすがに母には言えなかった。

困ったことに、母は蒼真の母の瑛子と意気投合し、たまに楽しそうに電話で話したりしているのだ。そんな母に、真実を話すのは躊躇《ためら》われる。

折を見て、上月さんはとてもいい人だけど、結婚は考えられなかったと言えばいいだろう。

本当なら変に期待を持たせないために、すぐそう言うつもりだった。けれど、香苗にモデルの仕事が終わるまで何も言うなと止められたのだ。

時間があけばあくほど言いにくくなるのに。気の重いことばかりだ。

ため息をついた菜穂は、母に見送られて家を出た。

自分の車に乗り込み、今日の撮影場所である結婚式場に向かう。

式場に到着すると、顔見知りのスタッフがモデルの控室に案内してくれた。そこには、伯母の香苗が待ち構えている。

伯母さん、今日の恰好も素敵だな。ブラウン系のデザインスーツを、ビシッと着こなしている。

「伊沢さん、今日はよろしく。頼むわよ」

「はい」

菜穂は素直に返事をした。抵抗してもどうしようもないのなら、もう腹を括《くく》るしかない。

そういえば、何も聞いてないけど今日の撮影はどうするんだろう？　撮影場所が結婚式場だから、ウエディングドレスを着たりするのかな？

「社長、今日はどんな撮影を行《おこな》うんですか？　衣装は？」

「普通のワンピースよ。コンセプトは、お見合いが上手《うま》くいって式場を下見に来たカップルってとこね」

なんだ、ちょっとがっかり。でも、ワンピースなら化粧も前回みたいに濃くはしないよね。

そう思ってほっとした。あんな風に言われたのに、またケバイ顔で蒼真の前に立つのは勘弁してほしい。それに、彼に傷つけられた心はまだ癒《い》えていないのだ。その傷がさらに広がるような事態は避けたいのが本音だった。

ところが……

壁に取り付けられた大きな鏡に映る自分を、菜穂は無言で見つめる。

メイクの施《ほどこ》された顔は、前回同様凄くケバイ!!

だいたい、普通のワンピースって言ってたのに、全然普通じゃないし！

どんなに可愛い色でも、着るにはちょっと躊躇《ためら》ってしまう鮮やかなスイートピンク。さらに胸元には、レースがあしらわれた同色の花飾りがたっぷりつけられている。極めつけは、ウエストの前面にある大きなリボンだ。

やめようよ。せめて、このリボンだけでも取ろうよ……

こっそり取り外せないかと引っ張ってみたが、しっかりと縫《ぬ》い付けられている。

ピンで取り付けてあったら、知らない振りして外してやったのに。

きっちりメイクでケバくなった上、こんなフリフリした服を着て上月さんの前に出るのか……

嫌悪の表情を向ける蒼真の様子が頭に浮かび、菜穂の顔が引きつる。

だが冷静に考えたら、メイクを変えたらモデルの印象が変わってしまう。

そうか、モデルの顔が変わってしまうから、ダメなんだ……

つまり、撮影時は、ずっとこのケバイ顔で過ごさないといけないのかぁ。

気づいてしまった事実に、菜穂は盛大にテンションを落としたのだった。

菜穂の支度が整ったところで、再び香苗が部屋にやって来る。

「あら、いいじゃないの」

「どこが？」

即座に反論し、拗《す》ねた目で香苗を見つめ返す。

「この部屋を出たら、その顔はやめなさいよ」

香苗に注意され、菜穂は自棄《やけ》になって「わかってます！」と言い返した。

この部屋は、新婦専用の控室なのだそうだ。本来なら花嫁は部屋にある大きな姿見に、特別な衣装をまとった自身を映し出し、結婚相手を思って頬を染めるのだろう。

つまりこの部屋は、乙女にとっての夢の場所といえる。

そんな場所で、こんなにも重い気分でいるわたしって……残念すぎる。

香苗に連れてこられたのは、結婚式場の正面玄関だった。

すでに大勢のスタッフが忙しそうに動き回っている。この間のホテルの比ではないスタッフの多さに、菜穂は目を丸くした。

思わず香苗の腕を掴《つか》む。

「伯母さん……じゃない。社長。なんなんですか、これ？」

「何が？」

「だ、だって……ホテルの時と違いすぎません？　凄く大がかりというか」

「前の撮影は、デモンストレーションのようなものよ」

香苗の言葉に菜穂は首を傾《かし》げる。

「デモンストレーション？」

「そう。クライアントにモデルを確認してもらうためのものよ」

えっ？　つまり、あの撮影は、本番ではなかったということ？

「あなた方、クライアントに好評だったわよ。もしクライアントがお気に召さなかったら、モデルチェンジの可能性もあったんだけど……」

な、なんだってぇ？

「しゃ、社長！　なぜ、前もってそのことを教えてくださらなかったんですか！」

無駄と知りつつも、菜穂はつい香苗に食ってかかってしまう。

「教えるはずないでしょう。モデルチェンジなんて絶対にあってはならないんだから」

なら、あそこでお見合いなんて企《たくら》まなければよかったのに。

それならば蒼真とはただの共演者。いまみたいに、最悪な関係になることもなかったはずだ。

人知れずため息を零《こぼ》した菜穂は、そこでドキリとする。

蒼真がすぐ側にいるのに気づいたからだ。

彼は、菜穂と香苗の会話が耳に入ったのか振り返ってきた。

菜穂は咄嗟《とっさ》に彼から顔を逸《そ》らす。どんな顔をしていいかわからない。

「蒼真さん」

気づいた香苗が声をかけるが、蒼真の返事は聞こえなかった。無言で会釈《えしゃく》でもしたのかもしれない。

「菜穂」

カメラを手にした仁が歩み寄ってきた。ここに来た時、彼が数人の女性スタッフに囲まれていたのは目に入ったのだが……

相変らず仁はモテモテのようだ。だけど、確かいまは付き合っている彼女がいたと思ったけど。

「今日の衣装もなかなかインパクトがあるな。特にそのウエストのリボンとか」

「これは、からかいの種じゃありません！」

わざと頬を膨《ふく》らませて言ったら、仁が噴き出した。

「怒るなって。モデルとしてはそれくらいインパクトがあった方がいいんだよ」

「それはわかってるけど……」

「髪のセットもいい感じだな。菜穂の髪は凄く艶《つや》があるから、こんな風に複雑に編み込むと、光の加減で、雰囲気のある写真が撮れそうだ」

今日の髪型はとても凝《こ》っているようだ。自分では後ろがどんな風になっているのか、よくわかってないのだが。

「うん？　ここの後《おく》れ毛《げ》が……」

仁は呟《つぶや》きながら、菜穂の襟足《えりあし》に触れた。驚いたが、仁は「いや、ちょっと後《おく》れ毛《げ》が気になって……」と、なにやら背後で指を動かしている。

どうやら手直ししてくれているとわかって、菜穂はじっとしていた。

だが、後《おく》れ毛《げ》が首筋に触れて、ちょっとくすぐったい。

その時、こちらを見ている蒼真と目が合った。その途端、彼は眉を寄せて顔を背けた。

彼の態度に、菜穂はかなりムッとする。目を合わすのも嫌なら、見なければいいのに。

「うん、これでいい」

「あっ、仁さん、ありがとう」

慌てて笑顔を取り繕《つくろ》い、菜穂はお礼を言った。

「さあ、モデルも揃ったし、はじめてちょうだい」

香苗の掛け声で、撮影が開始された。

立ち位置を指定され、メイクや髪型、衣装を念入りに確認される。やはり前回とは雰囲気がまるで違う。現場全体に緊張感が満ち溢《あふ》れているようだ。

これまでも、こういう現場に立ち会ったことはある。だが、自分が被写体となると話は別だ。なんともいえない独特な雰囲気に呑まれ、心臓の音が聞こえるくらい緊張してくる。

「では、上月さんこちらへ」

女性スタッフに促《うなが》され、蒼真が菜穂の隣に並んだ。

ふたりの間は五センチほどの隙間があるだけ。

先ほどまでとは違った緊張でドキドキしてしまう自分が嫌になる。

「じゃあふたりとも、正面向いて笑って」

なんとか気持ちを切り替えて、仁の指示に従おうとする。だが、顔も見たくない蒼真は隣にいるし、大勢のスタッフに注目されている状況に、微笑みはどうしてもぎこちなくなってしまう。

「なんだ、ガチガチだな。ふたりとも、この前の撮影の雰囲気でいいんだけど」

そんなことを言われても、この間といまとでは状況が違うのだ。

「君らさ、今日会って、少しは会話した？」

仁がそう聞いてきた。隣の蒼真が「いいえ」と答える。

すると香苗が口を挟んできた。

「そうね。十分くらい、ふたりで会話してきたらいいわ。誰か、ふたりきりになれるところに連れてってあげて」

香苗の言い出したことに、菜穂は慌てた。

蒼真とふたりきりになどなりたくないし、会話なんてもっとしたくない。

「だ、大丈夫です。もう緊張取れました！」

「なら、蒼真さんに向かって微笑んでみなさいな」

すかさず香苗から指示が飛んできて、菜穂は顔を強張《こわば》らせた。だがやらねばふたりきりにされる。

菜穂は意を決して、ぎこぎこと蒼真に首を回そうとするが、途中で断念するはめになる。

「連れてって」

非情にも香苗がジャッジを下し、菜穂は蒼真とともに現場から連れ出された。

式場のエントランスに入り、少し歩いたところにある部屋に案内される。スチール製の机とイスが無造作に置かれているそこは、おそらくスタッフの控室なのだろう。

ドアが閉まり、本当にふたりきりにされてしまった。すると蒼真が口を開く。

「この間、砂浜で……」

なっ！　いまその話題を持ち出すわけ？

菜穂はその先を言わせないよう、咄嗟《とっさ》に口を開く。

「まさかの撮影続行。さぞかしイラつかれたことでしょうね？」

蒼真の顔も見ずに、嫌味ったらしく言ってやった。

「……ええ」

そっけない返事に、胸がチクンと痛む。

わたしは、この人のことを嫌ってるのに、なんで胸が痛んだりするのよ。もう、ムカつく！

やっぱり、蒼真と仲良く撮影を続けるなんてできるわけがない。

そう思っていると、蒼真のため息が聞こえた。

「我々がこのような状態では、撮影に関わっている大勢の人たちに迷惑をかけてしまう」

蒼真が冷静に口にする。

「撮影を成功させるために、一時的に和解しませんか？」

その申し出に、菜穂はカッとした。そして現実を思い知らされた。

わたしを傷つけたことを、この人はなんとも思っていないんだ。だから、一時的な和解なんて言葉を簡単に口にできるんだろう。

わたしはあの時の言葉に心底傷ついているというのに……この人にとっては、本当に取るに足りないことでしかなかったんだ。

その事実が悔しくて堪《たま》らない。会わないでいれば、こんな気持ちにならずにすんだのに……涙が込み上げてきた。菜穂は奥歯を噛み締め、必死に涙を我慢する。

「わかりました。和解しましょう」

菜穂は蒼真に向かって精一杯の笑みを浮かべ、手を差し出した。正面から菜穂と目を合わせた蒼真は、一瞬驚いた顔をした後握手に応じる。

やればできるようだ。

菜穂はほっとして、「戻りましょう」と蒼真に背を向けた。

すぐに顔から笑みを消す。菜穂の胸はひどく疼《うず》いていた。

みなのところに戻る途中、蒼真が「伊沢さん」と声をかけてきた。

「何か？」

歩きながら話を促《うなが》す。

「見合いの件、あなたから断ってくださったのですよね？」

その言葉に、菜穂はぴたり足を止める。そして、ゆっくりと蒼真を振り返った。

「あなたのお願いを、どうしてわたしが聞かなければならないんですか？」

菜穂は、精一杯冷たく聞こえるよう言葉を投げつけた。その瞬間、蒼真がたじろいだのがはっきりわかり、彼女は少しだけ溜飲《りゅういん》を下げる。

「だが……あなたは私を、心底嫌っているんじゃないですか？」

「嫌ってますよ。見合いだってどうだっていいです。けど、わたしから断る気はありません」

そう言った途端、冷静だった蒼真が声を荒らげた。

「それでは困る！　あなただって結果的に困った立場になるんですよ!?」

「そう思うなら、あなたから断ればいいでしょう」

菜穂はそっけなく言った。だが、正直、慣れない態度に足が震えてしまっている。それでいて、蒼真を焦《あせ》らせることができて、爽快《そうかい》な気分を味わう。

それにしても、なんだかなぁ？　自分の性格がねじ曲がったみたいだ。

「くそっ！」

蒼真が悔しそうに叫んだ。

その瞬間、菜穂はふたりの関係が、修復不可能なほど完全に断たれたのだと感じた。

菜穂は何度も強く瞬《まばた》きをして、滲《にじ》む涙を払った。

撮影場所に戻ったふたりは、一言も口を利かないまま指定されたポーズを取る。

菜穂はカメラに向かって微笑んだ。

だけど――

「ダメだ。さっきより悪い」

仁が匙《さじ》を投げたようにカメラを下ろした。咄嗟《とっさ》に菜穂は、隣の蒼真を見る。

だって、わたしはちゃんと笑えているし、問題があるとすれば上月さんのはず……

目が合った瞬間、ふたりは同時に視線を逸《そ》らした。

その様子を見た仁が、ため息をつく。

「君らふたりの間に、鋼《はがね》の壁があるように感じる」

仁さん、凄い！　そんなことまでわかっちゃうの？

「そうだな……。ちょっと手を握り合ってみてくれないか？」

その指示にドキリとした。仕事と割り切ろうと思っても、すぐには従えない。

ちらりと蒼真を窺《うかが》うと、自分の手のひらを見つめている。だが、菜穂の視線に気づき、目を合わせてきた。

「……では、手を」

感情の窺《うかが》えない声で淡々と口にし、蒼真は手を差し出してくる。

正直、この人と手を繋《つな》ぐなんて嫌なんだけど……これは仕事だ。

上月さんもそう考えて、わたしに手を差し出してきているのだから、ここは握り返すしかない。

菜穂は蒼真と手を繋《つな》ぎ、仁の方を向いて笑みを浮かべた。ただ蒼真に負けたくないという気持ちからだったが、かなり上手《うま》く微笑むことができたような気がする。

仁は何も言わず、シャッターを切りはじめた。

ポーズを何度か変えた後、今度は場所を移動して撮影を続ける。驚くほどスムーズに進み、なんと一時間余りで撮影は終了となった。

あまりにあっさり終わってしまって、拍子抜《ひょうしぬ》けする。

ふたりで話をしたことで、かえってわだかまりは膨《ふく》らんだ。それでも互いに妥協したことで、多少はマシになったかもしれないが……正直、仁があれで納得するとは思わなかった。

腑《ふ》に落ちない部分もあったが、とにかく今日の撮影が終わったことに菜穂は胸を撫で下ろす。

やれやれだわ。……けど、これからどうなるんだろう？

二回目の撮影は無事に終わったものの、問題は山積みだ。

「伊沢さん」

気を重くしつつ着替えに向かおうとしていた菜穂は、香苗に呼ばれて足を止めた。

振り返ると、香苗は少し離れた場所で蒼真と一緒にいる。

「一緒に来てちょうだい」

そう言うと香苗は菜穂を待たずに歩き出した。蒼真もその後に続く。

どう考えても、これからひと悶着《もんちゃく》ありそうだ。

ますます気を重くして、菜穂はふたりの後を追ったのだった。


香苗に連れてこられたのは、先ほど蒼真と話をした部屋だった。

「ふたりとも座って」

香苗はふたりに椅子を勧めつつ自分も座った。すぐに腰かけた菜穂に対し、蒼真は座るそぶりを見せない。

「蒼真さん、あなたも座ってちょうだい」

「私は結構です。話を終えたらすぐに失礼するつもりですので」

「そんな簡単に、話は終わらないと思うけど」

「終わらせますよ。言いたいことはひとつだけです。私はこの仕事から降りさせていただく」

「まさか、いったん引き受けた仕事を放り出すというの？　それはあまりに無責任ではない？」

咎《とが》めるような香苗の言葉に、蒼真はこれまで以上に鋭い眼差しになる。

「お言葉ですが、初めからそんな事実はありません。そもそも最初の撮影場所に出向いたのも、顧客との打ち合わせのためでした。到着して初めて、撮影について聞かされたんです」

蒼真の話に菜穂は驚いた。

……それじゃあ彼は、何も聞かされずにあの場に来たというの？

「だが、叔父に頭を下げられ、あの日一日のことならばと撮影に応じたんです。……それなのに」

そういうことなら、蒼真が憤《いきどお》るのももっともだ。香苗も同じことを思ったのだろう。

「知らなかったわ。蒼真さん、ごめんなさい」

立ち上がった香苗が蒼真に頭を下げる。

「知らなかった？」

蒼真が怪訝《けげん》そうに問う。

「ええ。蒼真さんの方はあなたの叔父さん、卓也《たくや》さんに任せていたから……。てっきり、ちゃんと了解が取れているものだとばかり」

「そうでしたか……。だが、これでわかっていただけましたよね？」

「いえ。たとえそうだとしても、もうプロジェクトはあなたたちで動きはじめてる。あなたには、このまま継続してやっていただくわ」

「あなたは、なぜか私と彼女に固執しているようですが、モデルなんて他にいくらでもいるでしょう。あなたがなんと言おうと、私は降りさせていただきます」

「蒼真さん。あなたには迷惑をかけてしまって本当に申し訳ないと思うわ。けど、なんとか力を貸してもらえないかしら」

「笹部さん、もう我々では無理なのです。あの見合いがなければ、あるいは上手《うま》くいったかもしれません。だが、私と伊沢さんはすでに不倶戴天《ふぐたいてん》の敵のごとしです」

「蒼真さん、上手《うま》いことを言うわね。でも、そうしていがみ合うのは悪くないと思ってるのよ」

香苗の言葉に菜穂は面食らった。蒼真も怪訝《けげん》そうに眉を寄せる。

「もっとやり合いなさいな。言いたいことを言って好きなだけ罵《のの》り合えばいいわ」

いがみ合いを勧めてくる香苗に、菜穂は困惑してしまう。すると蒼真が反論に出た。

「おかしなことをおっしゃいますね。撮影を続けるつもりなら、仲直りしろとおっしゃるべきではないですか？」

「あら？　そう言われてできるの？」

蒼真は決まり悪そうに黙り込んだ。

「あなたたちをモデルから降ろすつもりはないし、次の撮影は予定通り二週間後に行《おこな》います」

「笹部さん、このままでは同じことを繰り返すだけですよ」

その意見にまったく同意見の菜穂は、「わたしもそう思います」と蒼真の言葉に頷いた。

「だったら、繰り返さないようにしてちょうだい」

香苗はまるで意に介さず、逆にそう命じてきた。

「それができないから……」

さらに蒼真が反論しようとしたら、香苗が反論は受け付けないとばかりに蒼真の方へ手のひらを突き付ける。その態度に気分を害したらしく、蒼真の目が鋭くなった。

「叔父から聞きましたが、このプロジェクトは社運をかけた重要なものだそうですね。いまの私と伊沢さんの現状をわかっていながら、あなたはその重責を我々に背負わそうというのですか？」

蒼真の言葉に菜穂はドキリとした。

図らずも、自分がどれほど重いものを背負っているかを自覚させられる。

「それは口にしてほしくなかったわ、蒼真さん」

「だが、それが事実です」

蒼真は冷たく言い放った。香苗は険しい表情で蒼真を見つめ返す。

空気がピリピリし、菜穂は無意識にごくりと唾を呑み込んだ。

すると、ふっと表情を改めた香苗が姿勢を正して口を開く。

「あなたの言う通りよ。わたしはこの仕事に社運をかけている。そして、それはあなたたちふたりの肩にかかっていると言っても過言ではないわ」

気迫のこもった香苗の言葉に、菜穂の緊張が増す。

「自《みずか》ら進んでモデルをやりたがる人を起用すればいいのでしょうけど……わたしはどうあっても、あなたと伊沢さんに引き受けてほしいの。わたしはこの道のプロだと自負《じふ》してるし、そのわたしがあなたたちふたりを見込んだの。必ずや最高のものになると信じているわ」

香苗の言葉を聞いた菜穂は、蒼真の様子を窺《うかが》った。彼は難しい表情をしているが、すぐに反論するつもりはないようだ。

「プロジェクトはすでに動き出し、渋々であってもあなた方はいまこの場にいる。どうか、最後までやり遂げてちょうだい！」

力を込めて思いを語った香苗は、真摯《しんし》な顔で蒼真の方を向く。

「我が社のために、蒼真さんの力を貸してください。よろしくお願いします」

深々と頭を下げる伯母を見て、菜穂はなんとも言えない気持ちになった。

しばらく誰も口を利かない。

菜穂も、何を言えばいいのかわからなかった。蒼真の言葉を借りれば、いまのふたりの関係は、不倶戴天《ふぐたいてん》の敵のごとし。二週間後の撮影で上手《うま》くモデルを務められる自信はゼロだ。

言いたいことを言って好きなだけ罵《ののし》り合えと香苗は言ったが、そんなことをしたら事態はさらに悪化するだけではないのか？

その時、蒼真が大きく息を吐き出した。そして、香苗に向かって口を開く。

「あなたの熱意はわかりました。だが、いまの状態のままでは、どのみち二週間後の撮影も、上手《うま》くいかないと思います」

蒼真の言う通りだ。蒼真と菜穂の間には大きな溝ができてしまっている。

伯母さんだって、わかってるはずなのに……

「だいたいあなたは、こちらにばかり責任を押し付けてくるが、それは、あまりに無責任ではありませんか？」

菜穂は思わず拍手しそうになった。よくぞ言ってくれましたという感じだ。

状況はすでに最悪の事態に陥《おちい》っている。このままではプロジェクトは失敗に終わり、会社は傾いてしまうかもしれない。そうならないためには、もうモデルチェンジしか道はないのだ。

「ちゃんと策は考えてるわ」

「策？」

菜穂と蒼真は、同時に問い返した。

「あなたたちには、これから一緒に結婚間近のカップルの気持ちを学んでもらおうと思うの」

はあっ⁉

伯母さんときたら、いったい何を言い出すの？　気持ちを学ぶ？　まさか、そういう教室があるから通えってわけじゃないわよね？

「そんなもの、いったいどうやって学べって言うのよ？」

困惑した菜穂は、思わず伯母に食ってかかった。

「決まってるわ。デートをすればいいのよ」

「デ、デート？」

「バカバカしい。そんなこと時間の無駄ですよ」

蒼真が苛立ちとともに言い返す。だが香苗も負けていない。

「バカバカしいですってぇ！」

香苗の大声に菜穂はぎょっとした。だが蒼真は微動だにしない。

香苗はすっくと立ち上がり、厳しい目付きで蒼真に歩み寄る。そしてゆっくりと腕を組んだ。対する蒼真も、受けて立つといわんばかりに同じようにする。

とんでもないバトルがはじまりそうで、菜穂は椅子に座ったままおろおろしてしまう。

「決してバカバカしくないし、どんな経験も無駄にはならないわ」

「改めて言われなくても、それくらい知っていますよ。だが今回は無駄になるでしょう。これ以上議論をしても意味はない。失礼します」

蒼真は淡々と言い放つと、ドアに向かう。

それを見て菜穂はほっとした。これでひとまず、バトルは終わる。

だが、事はそう簡単に終わらなかった。香苗がさっと動き、蒼真の前に立ちはだかったのだ。

「どこに行くつもり？」

「帰るんですよ」

「蒼真さん、あなたそれでいいの？」

「どういうことです？」

「無理にやらされたにしろ、できないからって尻尾《しっぽ》を巻いて逃げるの？」

伯母の言動に菜穂は顔をしかめた。その言葉は、プライドの高そうな蒼真の神経を確実に逆《さか》なでしただろう。

もちろん香苗は、それを狙って言ったのだろうが。

そして香苗のもくろみ通り、まんまと蒼真を憤《いきどお》らせたようだ。

「その言葉は聞き捨てなりませんね。そういう問題ではないと思いますが」

「そういうことよ。撮影が上手《うま》くいかないなら、それを努力してなんとかしようという気概はないわけ？」

「……十分に努力したと思いますが。おかげで今日の撮影は上手《うま》くいったでしょう」

「何を言ってるの。上手《うま》くいってなんていないわよ」

呆れたような香苗の言葉に、菜穂はドキリとした。

「やっぱり、そうなの？」

菜穂は思わず口にしてしまう。

だって、あの仁さんがまったくダメ出しをしなかったのには、かなり違和感があったもの。

蒼真はまるで気づいていなかったようで、ふたりのやりとりに戸惑っている。

「どういうことか、説明していただけませんか？」

苛立ちを隠《かく》さず蒼真が問いかけると、香苗は説明をはじめた。

「あなたたちがいったん抜けた時、今日のところは適当に撮ってくれればいいって指示していたのよ」

そうか、だからあんなにあっさり撮影が終わったんだ。

香苗の言葉に納得した菜穂だったが、徐々に青くなっていく。

「伊沢さん。我が社の理念、わかっているわよね？」

静かにそう問われて、菜穂は一気に緊張した。

「は、はい。……クライアントを満足させる最高のものを提供する」

言葉にするほどに身の置き所がなくなり、どんな顔をすればいいのかわからなくなる。

「社長、申し訳ありませんでした!!」

菜穂はこれ以上は無理なくらい深く頭を下げた。

「謝らなくていいわ。責めているわけではないのよ。ただ、わたしはそういう気持ちで臨《のぞ》んでいるということをわかってもらいたかっただけ」

香苗は、蒼真と菜穂を見つめて言葉を続ける。

「実のところ、こうなることはある程度覚悟していたわ。あなたたちはド素人《しろうと》。それを承知で、あなたたちを起用したんだもの。でもね、最終的にはいいものができると信じてるのよ」

香苗は、期待を込めた眼差しを菜穂と蒼真に向けてくる。

蒼真はしばらく考え込んでいたが、顔を上げて香苗の方を向いた。

「わかりました。撮影に協力しましょう。だが、ひとつ交換条件があります」

「何かしら？」

「先日の見合いを白紙に戻していただきたい。私は結婚を望んでいないし、伊沢さんも見合いを受け入れてはいない。当人同士が嫌がっているのですから、白紙に戻すべきだと思います」

「伊沢さん、あなたはそれでいいの？」

香苗に聞かれた菜穂は、思わず苦笑してしまった。

わたしはひどいことを言われた腹いせに、彼を困らせたかっただけだ。冷静に考えたらずいぶん幼稚だったと思う。

「それでいいです。ただ、母がとても喜んでいるので、あまりがっかりさせないように話を持って行っていただけると」

「私もその点が気がかりだったんです。だが、そうも言っていられない」

「はいはい、わかりました。ふたりには上手《うま》く伝えておくから、安心してちょうだい」

その言葉に、蒼真は安心したようだ。

「では、先ほどの策について聞かせていただけますか？」

蒼真はそう言いながら、菜穂の隣の椅子に座る。

香苗はほっとしたような笑みを見せ、早速説明をはじめた。

「さっき話した通り、あなたたちには結婚間近のカップルの気持ちを学んでもらおうと思うの。そのために疑似恋愛をしてもらうわ」

「疑似恋愛？」

戸惑って口にした菜穂は、思わず蒼真と目を合わせた。

「そう。結婚前のカップルらしく、デートを重ね、ふたりきりで過ごす時間を持つわけ」

「ちょっと待ってください」

「蒼真さん、黙って聞いて」

ピシャリと言われた蒼真は、むすっとした様子で眉を寄せる。

「これはビジネスよ。仕事として引き受けてもらった以上、こちらも本気で行かせていただくわ。あなた方には、二週間後の撮影までに、きっちり恋人らしくなっておいてもらいます！」

香苗の言葉を聞き、菜穂は頭を抱えたくなった。

これぞ伯母だ。

伯母がこう宣言した以上、疑似恋愛はすでに決定事項なのだ。

上月さんとデートを重ねて、結婚直前の恋人のようにならなければならないの？　これから、たったの二週間で？

すでに不倶戴天《ふぐたいてん》の敵同士、とことん嫌っているというのに……不可能だ！

できることならば、もう関わりたくないくらいなのに……

蒼真がどんな顔をしているのか気になり、菜穂は横目で彼を窺《うかが》った。

疑似恋愛を強制されたことが相当衝撃だったのか、蒼真は固まってしまっている。香苗はそんな蒼真に気づいていながら、「それじゃあ、早速デートしていらっしゃい」と言い出した。

「い、いまから？」

菜穂が驚いて言うと、蒼真も我に返って顔をしかめる。

「この式場に併設されているホテルにカフェがあるから、まずはそこでお互いのプライベートな話とかしてみたらいいんじゃない？」

いきなりふたりっきりになるのは、気が重いんですけど！　正直、今日はもう終わりにしたい。

それに、この後に別の仕事があった。

「社長。わたしこの後、会社に行って仕事をしようと思ってるんですけど」

「いまのあなたの仕事は、蒼真さんとデートすることよ」

うう……デートが仕事か……でも、確かにそれが最優先事項なのかも。いまのままでは会社全体に迷惑をかけてしまう。

「十一時になったら好きなレストランでランチを食べて、午後からは結婚式場の施設を好きに見て回りなさいな。言う必要もないだろうけど……もちろんふたりでね」

香苗は付け加えるように言う。

「あぁ、カフェやランチの支払いはこちらで持つわよ」

「わかりました。つまり、デートさえすれば、好きにしていい。そういうことですね？」

蒼真は確かめるように香苗に問う。

「ええ、それでいいわ」

その返事を聞いた途端、蒼真は立ち上がった。

「伊沢さん、行きましょう」

蒼真に促《うなが》され、菜穂も不承不承《ふしょうぶしょう》立ち上がる。立場上、断ることはできない。

香苗に挨拶《あいさつ》し、一緒に部屋を出る。

足早に進む蒼真に、菜穂は小走りになってついて行く。

……はあ、気が重いなぁ。

なにより、伯母さんの言ってた『本気』が、物凄く怖い！

これからいったい、どうなっちゃうんだろう……

「伊沢さん」

蒼真が立ち止まって呼びかけてきた。菜穂も足を止めて彼を見る。

彼はひどく深刻な顔をして、菜穂に向かって姿勢を正した。

「見合いの席で、あなたを侮辱したことを、きちんと謝罪したい」

えっ？

「伊沢さん、あのような発言をして……」

その言葉にひどく胸が疼《うず》いた。気づけば菜穂は、蒼真の口に向かって思い切り手のひらを突き出していた。驚いた蒼真が言葉を止める。

怒りが突き上げ、胸がムカムカする。謝罪なんて絶対に欲しくない!!

「謝罪は必要ありません。確かに、わたしはあの発言で傷つきましたけど、それは紛《まぎ》れもない事実だったからです。なので、謝罪は必要ありませんし、その件であなたを恨むのも、もうやめます」

蒼真が謝罪を口にできなくなるように、菜穂は畳みかけるようにそう言った。

「……」

蒼真は黙ったまま、じっと菜穂を見ている。菜穂は彼から顔を背け、さっさと歩き出した。

香苗に指定されたホテルのカフェへ向かおうとしたら、蒼真に腕を取られる。

「気分転換に、少しドライブしませんか?」

蒼真は菜穂の答えを待たずに別方向へ歩き出してしまう。デートが仕事と言われた菜穂としては、彼に従うしかない。

振り向きもせずに歩いて行く蒼真の後をついて行きながら、菜穂は自分が撮影用の衣装のままなのを思い出した。さすがにこの恰好のままでドライブには行けない。

「ちょっと待ってください、上月さん。わたしたち、まだ衣装を着替えていませんよ」

「構いませんよ」

「あなたはスーツだから構わないでしょうけど、わたしは構います。こんな派手な服を着て、外を歩くなんて……」

そこでようやく蒼真が菜穂の腕を離し振り返ってきた。

「あなたの服装だって、別におかしくありませんよ。このまま外に出ても、なんの問題もないでしょう」

「ありすぎですよ。とにかく、わたしは着替えてからでないと……ええっ！」

蒼真は再び菜穂の腕を掴《つか》み、早足に歩き出した。

「ちょ、ちょっと待ってください」

「ドライブするだけですよ。それに話もしたい」

「話？　もう見合いの件は解決したし、いったい何を話すって言うんですか？」

「疑似恋愛についてですよ……」

蒼真はちょっと絶望したように口にする。彼には申し訳ないが、その表情にどうにもおかしくなってしまう。

「社長は本気ですよ」

つい、彼の絶望を煽《あお》るみたいに言ってしまった。

「あなたはあの時、何も反論されなかったが、本当にそれでいいんですか？　あなたは嫌いな相手と疑似恋愛をしなければならなくなったんですよ？」

そんなことを言われても……

「わたしは上月さんとは立場が違います。笹部広告代理店の社員のひとりとして、社長から命じられたことには従うしかありません。まあ、それでも一大プロジェクトだとわかった時には、必死に抵抗しましたけど」

「仕事なら、疑似恋愛もできると？」

「そんなのわかりませんよ。やらざるを得なくなったことと、できるかできないかは関係ないと思いませんか？」

「確かに……だが、やるしかなくなった」

「仰《おっしゃ》る通りです」

ふたりは同時にため息を零《こぼ》した。


結局菜穂は着替えもせず、なんの荷物も持たないまま蒼真の車に乗り込むことになった。

蒼真は気分転換のドライブと言っていたから、すぐ戻れるだろう。

車が走り出してしばらくすると、それまで黙っていた蒼真が口を開いた。

「あなたに謝罪を拒否されてしまったが……やはり、それでは私の気が済まない。勝手な言い草なのは十分承知しているが」

菜穂はちらりと蒼真を見たが、何も答えずにいた。

正直、彼の謝罪は受け入れたくない。だって、あれは少なからず彼の本心だったと思うから。

だけど、彼と疑似恋愛しなきゃいけないのよね……

心底困ってしまい、外の景色に視線を向けて考え込む。すると、蒼真が再び「あの……」と声をかけてきた。

仕方なく蒼真の方に首を回したら、彼は重そうに口を開いた。

「見合いの席であなたをひどく侮辱するような言葉を言ったのは……わざと怒らせて見合いをぶち壊そうと思ったからでした」

彼は言葉の端々《はしばし》に後悔を滲《にじ》ませている。

菜穂の脳裏に、あの時の蒼真の言葉がリアルに思い出された。

『まさか、こんな罠に嵌《はま》るとは……』

『言っておくが、私は君にこれっぽっちも興味はない！』

『私は、君のように外見のケバイ女性は大嫌いでね』

思い出すたび、胸の傷がじくじくと痛む。

「すみませんでした」

蒼真が申し訳なさそうに謝ってきて、菜穂は顔をしかめた。

謝罪をされても傷が痛むだけだ。そのことに彼は気づきもしないのか？

「謝る必要はないですから。もうこの話はやめてください」

胸の痛みから、菜穂はつい冷たく言い放ってしまう。

蒼真は軽くショックを受けたようで、黙り込んでしまった。

わたしも、彼を傷つけた！

その事実に、菜穂もまたショックを受けた。さらに強烈な罪悪感に駆られる。

わたし、最低だ。自分が傷つけられたからって、同じように彼を傷つけてもいいはずなんてないのに。

菜穂が後悔を感じたその時……

「そうですね。一度口にしたことは、取り消すことはできない……」

その言葉に菜穂はドキリとした。

蒼真の言葉に、はっきりと後悔と痛みを感じた。

彼は本当にあの時のことを悔いているんだ。

菜穂は蒼真の謝罪を受け入れなかったことを後悔した。

恨むのも、もうやめるなんて……嘘ばっかりだ。

その時、ふと気づく。

謝られるほどに腹が立ったり、こんなに胸が苦しいのは……わたしが上月さんのことを好ましく思っているからなんじゃないの？

そうよ、傷つけられたことにいつまでもこだわってしまうのも、彼になんとも思われてないと知って辛かったのも、彼に惹かれていたからなんだわ。

そっか、彼に好かれたいという気持ちがあったんだ。

最初から、可能性はゼロだったのに……

生まれて初めて心が動いた。このまま終わらせたくないと思った人。

そのことを考えると、どうしても泣きたい気分になる……

同時に、蒼真に対して申し訳なくなった。

彼は心から謝ってくれたのに、謝罪されると胸の傷が痛むからって拒絶して、おまけにそれに気づきもしないのかって勝手に腹を立てて……

結局、逆恨みだよね。わたし、どれだけ身勝手なんだろう。

……上月さんに謝らなきゃ。

菜穂は、大きく息を吸ってゆっくり吐き出した。それから蒼真に顔を向ける。

「上月さん、ごめんなさい」

「えっ？」

戸惑ったような声が返ってきて、菜穂は恥ずかしさに俯《うつむ》いた。

「わたし……凄く身勝手でした。そのことにたったいま、気づいたんです」

「伊沢さん……？」

どうやら、謝罪が唐突過ぎて、とんでもなく彼を困惑させてしまったようだ。

「もう一度、和解をお願いしたいです。上月さん、受け入れてもらえますか？」

息を詰めて彼の返事を待つ。

いまさら、もうダメかもしれないけど……

「……参ったな」

困ったように言われて、菜穂は申し訳ない気持ちで「すみません」と謝った。

「いや……それでは、ここからやり直すということで、いいですか？」

「……っはい！」

「よかった。ありがとう」

お礼を言われると困るのだが、菜穂は小さく頷いた。

関係をリセットしたはいいけれど、何を話していいやらわからない。結果的に黙り込んでいたら、蒼真から話しかけてきた。

「伊沢さんのことを聞かせてもらえますか？」

「わたしのこと？」

「ええ。親しくなるには、まずはお互いのことを知るのが一番の早道かなと思って」

「ああ、そうですね。けど、わたしのことと言われても……」

「ご兄弟は？」

「ひとりっ子です」

「なら、いまはご両親と三人暮らしですか？」

「はい。あの上月さんは？」

「私は兄がいます」

「それなら、ご両親とお兄さんの四人で暮らしていらっしゃるんですか？」

「いえ、兄は結婚して母と一緒に暮らしていますが、私は父方の叔父の家に居候《いそうろう》しているんですよ。笹部さんから何も聞いていないのですか？」

蒼真が意外そうに言うので、菜穂の方が戸惑ってしまった。すると彼は、「叔父のことはご存じですよね？」と聞いてくる。

よくわからないけど、彼は、わたしが彼についてよく知っていると思い込んでいるみたいだ。

「いえ、知りませんけど」

正直に答えたら、蒼真は「そうか」と考え込む。

「……叔父は、私の勤めている設計建築事務所の経営者なんですよ」

「そうなんですね」

「どうやら、私は色々と誤解していたらしい」

蒼真がひとりごちるように言う。

「誤解？」

「あなたに重ねて謝らなければならないようだ。勝手な思い込みで……あなたのイメージを悪くしていたみたいです」

「あの、それはどういうことですか？」

「できればいまここで、それを語るのは遠慮したい。でないと、またあなたに嫌われてしまう」

蒼真は苦笑して言った。

気にはなるけど……彼は正直に言ってくれたんだし……ここで深く追及することでもないかな。

「わかりました。大丈夫です」

そう言ったら、蒼真が苦笑いする。

「すみません」

菜穂は笑みを浮かべて首を横に振り、それから改めて蒼真を見る。

ちょっと気になったことがあるんだけど……聞いてもいいかな？

口にしようか迷っていたら、蒼真はそれに気づいたようで、「何か？」と話を促《うなが》してくれた。

「あの……お父様は？」

菜穂は遠慮がちに問いかける。

母親と兄と叔父のことは話に出たが、父親については出なかった。

「亡くなったんですよ」

そうだったのか……

「もう十年も前のことですけどね」

「お母様、大変でしたね？」

「叔父が助けてくれましたから……叔父には言葉にできないほど世話になっているんです。なのに、恩返しらしいことはまるでできていなくて……」

そう語る蒼真は、叔父に対してとても深く感謝しているようだが、それと同じくらい申し訳なく思っているようだ。菜穂はそれが気になった。

「嬉しいんじゃないですか？」

「えっ？」

「叔父さんは喜んでお世話しているんじゃないでしょうか。だから蒼真さんは、ありがとうの気持ちを伝えたらいいんですよ」

「……」

蒼真は黙り込んでしまった。その沈黙が落ち着かず、菜穂は慌てて口を開いた。

「差し出がましいこと言ってすみません。なんとなく……叔父さんのために言いたかったという
か……」

「私じゃないんだ」

「えっ？」

「私のためでなく、叔父のため？」

「え、ええ」

戸惑って頷いたら、蒼真は小さく噴き出した。運転しながら笑い続ける。

上月さん、なんで笑ってるんだろう？　わたし、何か笑うようなこと言ったっけ？

「なんだか心が軽くなりました。ありがとう、伊沢さん」

「あっ、いいえ」

なんか、よかったみたいだ。

そこで、菜穂はふと思い出した。

「あの、上月さん。お聞きしたいことがあるんですけど」

「なんですか？」

「最初の撮影の日、わたしが笹部社長の姪《めい》だとわかってから、態度が一変しましたよね？　あれは、
どうしてですか？」

「……参ったな。いまそれを聞きますか？」

「どういうことですか？」

「……その話はいずれまた」

「気になるんですけど……まさか、伯母が何かしたんですか？」

「すみませんが、この話はいずれまた」

冷たい声で繰り返され、菜穂はドキッとして口を閉じた。

「ごめんなさい。伯母のことだから気になってしまって……」

「そうですよね。あなたにとっては大切な身内のことですからね。……伊沢さん、あなたは笹部さんから引き受けた仕事をやり遂げたいですか？」

「はい。もちろんです」

「では、互いに協力しましょう」

協力か……

「それって、疑似恋愛をってことですよね？」

「そうなりますね」

「うーん……疑似恋愛って、どんなことをすればいいんでしょう？」

眉を寄せて問いかけると、蒼真はしばし考え込んだ。

「そうだ。伊沢さん、いいところがあるんですよ」

いいところ？　疑似恋愛をするのにってこと？

「少し足を延ばしても構いませんか？」

少しという言葉に、菜穂は軽い気持ちで承諾した。よくわからないが、彼には何か考えがあるようだし、任せておこう。

するとと、五分後。なんと蒼真は車を高速に乗せてしまった。

「こっ、上月さん、なんで高速道路に？　少し足を延ばすだけじゃなかったんですか？」

驚く菜穂に、蒼真はこともなげに答える。

「たいした距離ではありませんよ。ここから三十分くらいです」

「高速を三十分も走ればたいした距離ですよ！」

思わず噛みついたら、蒼真はくすくす笑い出した。

「あなたは存外面白いな」

「あなたを面白がらせようとして言ったんじゃありません！」

「落ち着いてください。まだ昼前ですよ。往復一時間としても、三時には撮影場所に戻れます。あちらで美味《おい》しいランチをご馳走しますから」

「美味《おい》しいランチ！」

「おや、ランチの一言で機嫌が直りましたか？」

からかうように言われたが、美味《おい》しいランチには心惹かれる。

「それじゃ、ランチをご馳走になりに行きます。その代わり、わたしの期待を裏切らないでくださいね？」

お返しのつもりで、菜穂は思い切りプレッシャーをかけた。すると蒼真は再び楽しげに笑う。

なんかこの雰囲気いいかも。出会ってから初めて、上月さんと本気で楽しめてる。

蒼真の笑い声を心地よく聞きながら、菜穂はこのドライブを楽しむべく、座席にゆったりと凭《もた》れた。

そういえば、お見合いの後からずっと胃の調子がよくなかったのよね。食欲もなくて、ご飯を美《お》味《い》しいと思えなくなってた。

なんでここまで、彼の言葉に落ち込まなきゃならないんだと苛立っていたのに……

こうしていま、彼の車に乗ってランチをご馳走になりに向かっている。

菜穂は、運転中の蒼真に気づかれないように、そっと彼の横顔を見つめた。

この人といると、どうにも調子が狂う。


高速を降りた車は、その後幹線道路をひた走る。

いつしか景色は木々に囲まれたものに変化していた。

「いったいどこに向かっているんですか？」

結婚式場からずいぶん離れた所まで来てしまった気がする。

「公園ですよ」

「公園でランチを食べるんですか？」

「ええ」

蒼真は返事をしてゆったりとカーブを曲がる。

それにしても、きれいに整備された道だ。道幅もとても広い。道に沿って赤い薔薇《ばら》が植えられている。

また大きくカーブを曲がり、公園の入り口らしい門を通過した。その先は、広々とした駐車場に続いている。

駐車場には、すでにたくさんの車が停まっていて、菜穂は驚いてしまった。

「ずいぶん混んでいるんですね。ここに来るまで、そんなに車は走っていない感じだったのに」

「ここに向かう道はいくつもありますから。こっちは西ゲートで、東と南にもゲートがあるんですよ」

「そんなに大きな公園なんですか？」

「ええ。この辺りでは一番大きいですね」

そんな会話をしている間に、蒼真は空いている場所に車を駐車した。

蒼真が車から降り、菜穂もそれに続く。

「わあっ、空気が清々《すがすが》しいですね」

ゲートまで向かう道には、大きな街路樹が整然と並んでいて、ちょっと壮観だ。

「ここも公園内みたいですね」

「細部までこだわったデザインをしているのには、感心しますね」

上月さん、この公園に何度も来たことがあるみたいだ。

菜穂は街路樹を見上げたり、足元の敷石を眺めたりしながら、蒼真と肩を並べてゲートまで歩いた。

入り口で園内マップをもらった。だが、公園は無料ではなく、入園料がかかるらしい。バッグを置いてきてしまった菜穂は当然無一文で、蒼真が当たり前のように払ってくれた。

「すみません、ありがとうございます」

入場券を受け取り、菜穂はすまなそうにお礼を言った。だが、心はすでに目の前に広がる公園に向いている。入場ゲートからでも、きれいに咲き誇っている薔薇《ばら》が見えるのだ。

これって、入り口付近に花を集中させてるのかな？

それにしても、人でいっぱいだな――そう思いつつ周りに目を向けた菜穂は、ドキリとした。

な、何？　妙に注目されてるんですけど、なんで？

思わず立ち止まり、後方を振り返ったら、すぐ後ろをついてきていた蒼真とぶつかりそうになった。

「おっと……どうしました？」

「い、いえ」

そうだった！　わたしと上月さん、撮影用の衣装を着ているんだった!!　これでは、注目を浴びて当然だ。

「どうしたんですか？」

急に挙動不審になった菜穂を見て、蒼真が不思議そうに聞いてくる。

「化粧とドレスが派手だから……注目浴びちゃってるみたいで」

周囲を気にしつつ言ったら、蒼真はさっと周りに視線を巡《めぐ》らせる。

「あなたが言うほど目立っていませんよ。気にしなくていい」

蒼真はそう言って菜穂をエスコートして歩き出す。彼が堂々としているので、いつしか菜穂の肩の力も抜けていった。

「あの、上月さんはこの公園に来たことがあるんですよね？」

「ええ。数えきれないほど……」

その発言に菜穂は驚いた。

「そうなんですか？」

意外だ。この人、そんなにこの公園が好きなの？

「じゃあ、この公園のことは隅々まで知ってるんですか？」

「いや……そうでもない」

「えっ？　数えきれないほど来てるのに？」

「行く場所がピンポイントなので」

「ピンポイント？」

どういうことだろ？

「行く場所が決まっているんですよ。とはいえ、基本この公園は薔薇《ばら》園だらけです」

並んで歩きながら、蒼真がそんな説明をしてくれる。菜穂は手にしている園内マップを開いてみた。

「わあっ、本当だ。いっぱいあるんですね」

それにしても、この園内マップ、カラフルでとても見やすい。

グラフィックデザイナーとしては実に参考になる。わたしも、いつかこういう仕事を請け負ってみたいなぁ。

自分だったらここをこうするな、なんて色々考えつつマップを見て歩いていたら、急に蒼真に腕を引かれた。菜穂はびっくりして足を止める。

どうやら人とぶつかりそうになったのを、防いでくれたらしい。

「すみません。ついマップに夢中になってしまって」

「そのマップに、それほど気になるものが？」

そう言われて、菜穂は思わず照れて笑ってしまう。

「いえ、マップの出来の良さに感心していたんです。わたしもいずれこんな仕事に携《たずさ》われたらいいなあって」

「……そのマップは」

蒼真はそこまで口にして、言葉を止めてしまった。

「上月さん？」

「いえ……なんでも。……それより、あなたはいまの仕事がお好きなのですね？」

「はい。凄く大変だけど、その分やりがいがありますから。まだ勉強不足なところもありますけど……。いまはどんな作業ももれなく楽しいです」

「もれなくですか？」

その表現が面白かったようで、蒼真は笑みを見せる。彼の笑みに心が和《なご》んでしまい、菜穂も笑みを浮かべた。

そこでふたり同時にハッとする。この状況に照れてしまい、菜穂は視線を逸《そ》らした。

少し前まであんなにいがみ合ってたのに、こんな風に、ほのぼのと笑い合っていることに笑ってしまう。

「それにしても、ここはほんとに広い公園ですね」

「ええ」と頷いた蒼真が、何を思い出したのかくすっと笑う。彼は、笑みを浮かべたまま独り言のように呟《つぶや》いた。

「薔薇《ばら》をひとつひとつ愛《め》でていたら、とても一日じゃ回れないって怒られたな」

それはいったい誰のことなんだろう？

菜穂が首を傾《かし》げていると、蒼真は彼女を促《うなが》し、軽く回れるコースへ案内してくれた。

そこは菜穂が見たことのない品種の薔薇《ばら》ばかりで、つい足を止めて見入ってしまう。

もっと奥まで足を向けようとするたび、菜穂は蒼真に引き止められることになった。

「そんな奥まで行っていたら、ランチを食べそこないますよ」

「でも……向こうにあるあの大輪の白い薔薇《ばら》……どうしても近くで見たいんです。お願いします」

両手を合わせて頼んだら、蒼真が折れてくれた。

「ならば、その白薔薇《ばら》を見たら、レストランに向かいますよ」

「はい。ありがとうございます」

喜んでお礼を言った菜穂は、勇んで足を運ぶ。

その白薔薇《ばら》は期待した以上に美しかった。しばらくじっと目を細めて眺めていたら、突然蒼真に手を取られドキリとしてしまう。

「もう充分堪能したでしょう？　さあ、行きますよ」

抵抗することもできず、菜穂は蒼真に引っ張られるようにして、いま来た道を引き返した。

手を繋《つな》いでいることにドキドキしてしまう自分に、菜穂は顔をしかめた。

性懲《しょうこ》りもなく彼を意識している自分にがっかりする。だが、自分ではどうにもできない。

そこでふと気づく。

もしや、これって疑似恋愛のため？　上月さん、そう考えて手を繋《つな》いできたんじゃないの？

菜穂は手を引っ張り、前を行く蒼真に声をかけた。

「これって、疑似恋愛のためですか？」

確認するように尋ねると、振り返った蒼真がじっと菜穂を見る。その視線にさらにドキドキさせられてしまう。

「まあ、そういうことですよ」

やっぱりそういうつもりだったんだ。

なら、ドキドキするのは悪いことではないはずだ。撮影のためには、もっと積極的にドキドキした方がカップルらしさも増すのではないか。

そんな風に考えていたら、蒼真は菜穂の手を弄《もてあそ》ぶようにする。繋《つな》いでいるだけではない特別な触れ方で、経験のない菜穂は慌てて蒼真の手を振り払った。

「な、な……何を……」

「協力し合うんじゃなかったんですか？」

蒼真ときたら、平然とそんなことを言ってくる。

「だ、だって……いまのは……」

「いまのはなんです？」

もうっ、蒼真さん、完全にわたしのことをからかってる。

「こういうの慣れてないから、恥ずかしいんです！」

顔を上げられずに俯《うつむ》いていたら、蒼真が手を差し出してきた。

「もうからかいません」

やさしく声をかけられ、菜穂は躊躇《ためら》いつつ再び蒼真の手を取る。

菜穂の手を軽く握り蒼真は歩き出した。それに黙ってついて行く。

手を繋《つな》いでしばらく歩いていたら、その状況に少し慣れてきた。

そんなところに、薔薇《ばら》園には不似合いな香ばしい香りが漂《ただよ》ってくる。菜穂は思わず匂いの元を探した。なんと薔薇《ばら》園の先に、たくさんの屋台がずらりと並んでいる。

「ええっ、薔薇《ばら》園なのに屋台……」

思わず口からポロリと出てしまう。すると蒼真も足を止め、屋台の方を見た。

屋台は奥まで何軒も続いている。その前の細長い通路には、大勢が腰かけられる細長い椅子が設置してあった。

そこには、すでにたくさんの人が座って休憩している。その雰囲気が楽しそうでつい覗《のぞ》いてみたくなった。

「薔薇《ばら》園のこんな近くに屋台の列があるとか、なんだか面白いですね？」

「行きたいんですか？」

蒼真に聞かれた途端、空腹を感じた。菜穂は素直に頷いた。

「そうですね。美味《おい》しそうです」

「そうか……あなたの期待に応《こた》える美味《おい》しいランチを食べられる店にお連れしようと思っていたんですが」

そうだった！　ここで美味《おい》しいランチをご馳走してもらえることになってたんだった。

「でも、あなたが屋台巡《めぐ》りをしたいのであれば、あそこにしましょうか？」

「いえ、美味《おい》しいランチがいいです！」

菜穂はきっぱり言った。それがよほど面白かったのか、蒼真がくっくっと笑う。その表情が魅力的で、菜穂はつい見惚《みと》れそうになる。

いけないいけない。これは疑似恋愛なのよ！　と、自分をしっかり戒《いまし》める。

「なら行きましょうか」

「はい」

菜穂は弾む声で返事をし、蒼真の手を引っ張るようにして歩き出した。

青々とした芝生《しばふ》の広場や、イベントホールの横を通っていく。

芝生《しばふ》の上にはピクニックシートを広げた人がいっぱいだったし、イベントホールも和楽器の演奏会が催《もよお》されているようで賑《にぎ》わっていた。

さらに広場には見ごたえのある大きな噴水もあって、歩きながら堪能する。

そしてようやく蒼真の目的とするレストランに到着したようだ。

「この先ですよ」

「この先？」

そこには木々に覆《おお》われた石畳の通路があるだけ。

「レストランなんてどこにも見当たりませんけど」

「そういう造りにしてあるんですよ。遊び心です」

その言葉に期待が膨《ふく》らんだ。蒼真と一緒に石畳の道を歩き出す。

木漏《こも》れ日《び》の落ちる木々の中、くねくねとした通路が続く。楽しくなってきた頃に、レストランらしき建物が現れた。

木造平屋建ての建物は、菜穂のイメージするレストランのどれにも当て嵌《はま》らなかった。

「お洒落《しゃれ》ですね」

思わずそんな言葉が飛び出てしまう。

隠《かく》れ家《が》的なレストランかと思ったら、店内は人でいっぱいだった。それでも一時半を少し回った時間だったこともあり、ちらほら空席も見える。

外の景色がよく見える窓側の席に案内してもらう。

ゆっくりとレストランを見回すと、内装も素敵だった。

ブラウンを基調とした落ち着いた雰囲気でありながら、所々に遊び心があってとても洒落《しゃれ》ている。

「ここの内装、凄く素敵ですね」

菜穂は、メニューを見ている蒼真に話しかけた。

「気に入ってもらえましたか？」

「はい。連れて来てくださってありがとうございます」

菜穂がお礼を言い終えたところに、店員が歩み寄ってきた。注文を取りにきたのだと思っていたら、「上月さん」と蒼真に呼びかける。

「ああ。こんにちは、石井《いしい》さん」

「珍しいですね」

石井は親しげに蒼真に話しかけ、菜穂をちらりと見て会釈《えしゃく》してくる。菜穂も会釈《えしゃく》を返した。

すると蒼真も、なぜか菜穂をちらりと見て、「こういうこともありますよ」と彼に言う。

こういうこともあるって……女性を連れていること？

「もしや、お祝いを申し上げた方がよろしいのでしょうか？」

石井がおずおずとそんなことを言うので、菜穂は戸惑った。

蒼真もいぶかしそうに聞き返す。

「お祝い？」

「ご婚約なさったのかと……」

こっ、婚約⁉

「間違っていたらすみません。特別な日の装《よそお》いのようでいらっしゃるので……」

ああ、確かにこんな恰好をしていたら、そんな風に思われて当然かも。

菜穂は誤解を解くため口を開こうとした。すると「そう見えますか？」と蒼真が石井に言葉を返す。

「ええ、とてもお似合いです」

「ありがとう」

クールな表情で礼を言う蒼真に、菜穂は困惑した。ここでありがとうなんて言ってしまったら、さっきの言葉を肯定したように受け取られてしまうのに。

もしかして、彼はこの状況を楽しんでるの？　けど、知り合いみたいなのにいいのかな？

蒼真の真意がわからず、菜穂は彼に視線を向けた。だが蒼真は菜穂を見ない。

絶対、気づいているはずなのに無視するなんて……

まさか、わたしが困惑しているのも楽しんでいるんじゃ？　そんな疑いが頭をもたげる。

石井はにこやかに注文を取り、そのまま下がって行った。

「いまの、よかったんですか？」

菜穂は苛立ちを感じながら蒼真に言った。

「何をそんなに苛立っているんです？」

「だ、だって……絶対に誤解していましたよ。あの方、上月さんのお知り合いなんでしょう？」

「お忘れですか？　私たちは疑似恋愛中なのですよ。婚約しているカップルだと思われたのなら、喜ぶべきでしょう？　まあ、いまのはこの衣装のおかげだったかもしれませんが」

蒼真は真面目な顔で分析するように語る。

まるで、重要な案件を熟考しているかのようだ。

思わずじっと見つめてしまったら、蒼真が「なんです？」と聞いてきた。

「いえ……上月さんって、どんなことにも一生懸命になる人なんだなって思って」

一生懸命という言葉に、菜穂は力を込めて言った。

「……褒《ほ》められてますか？」

「褒《ほ》めてます」

真面目に返したら蒼真が噴き出す。菜穂も一緒に笑ってしまった。


運ばれてきた料理はとても素晴らしかった。器《うつわ》も凝《こ》っていて、美しい料理とのバランスが絶妙だ。

菜穂はひとつひとつの料理に感激しつつじっくりと味わった。

「公園内に、こんな隠《かく》れ家《が》みたいなレストランがあるなんて驚きです。それにここのお料理、本当に素晴らしいです」

食後に紅茶をいただきながら、菜穂は少し興奮気味に褒《ほ》めちぎってしまう。

「あなたの期待に添えましたか？」

「期待以上でした」

「それはよかった。連れて来た甲斐がありましたよ」

「屋台にしなくてよかったです」

冗談めかして言ったら、蒼真も楽しそうに笑った。

その笑顔に菜穂は思わず見入ってしまう。

「うん？　伊沢さん、どうかしましたか？　私の顔に何かついているのかな？」

蒼真に言われてハッと我に返り、菜穂は慌てて首を横に振った。

「な、なんでもないです」

誤魔化《ごまか》して目を泳がせた菜穂の顔を、今度は蒼真がじっと見つめてくる。

「な、なんですか？　まさかわたしの顔に何かついてるとか？」

「今日のあなたは、コロコロとよく表情が変わるなと思って」

「みんなこんなものですよ」

きっぱり言ってやったが、蒼真は納得していない顔になる。

「そうかな？」

「そうです」

重ねて言ったら、蒼真は菜穂の顔をまたじっと見てくる。

「今度はなんですか？」

「いえ。なんでも」

「そんな風に言われたら、よけい気になるじゃないですか」

少し不服そうに言ったら、蒼真がふっと笑う。その反応に、菜穂はきゅっと眉を寄せた。

「やっぱり、コロコロとよく変化する」

観察結果を報告するように蒼真が言うので、菜穂は頬を膨《ふく》らませた。

「もう、人の顔を観察しないでください」

「楽しいからやってしまうんですよ」

「そんなことが楽しいんですか？　変な趣味ですね」

蒼真はくっくっと笑い、伝票を手に取る。

「では、行きましょうか？」

そう声をかけ、彼はスマートに立ち上がった。

「あっ、ご馳走様です」

「無理やり連れて来たようなものです。お気になさらず」

やわらかに言葉をかけてもらい、菜穂は素直に頷いた。


レストランを後にした菜穂たちは肩を並べて歩く。

なんとなく後ろ髪を引かれて、菜穂は薔薇《ばら》園に視線を向けた。

「薔薇《ばら》園を見に行きませんか？」

「あっ、はいっ！」

菜穂の心を読んだみたいに蒼真が誘ってくれ、嬉しくて勇んで返事をしてしまった。

そんな菜穂を見て、彼が小さく笑う。

「なんで笑うんですか？」

「小学生の返事のようだったから」

そんな風に言われて顔が赤らむ。

「からかわないでください」

「からかっていませんよ」

とてもやさしい声だった。胸にダイレクトに響き、菜穂はドキリとする。

思わず蒼真をまじまじと見返したら、今度は彼が眉を寄せた。

「どうしました？」

「ど、どうもしてません」

菜穂は思わずぷいっと顔を逸《そ》らし、蒼真に背を向け足早に歩き出した。

ドキッとなんてしてないし。いまのは断じてときめいたわけじゃないから。

「伊沢さん、手を繋《つな》ぎませんか？」

「えっ？」

蒼真の言葉に驚いて、菜穂は振り返った。

「我々には二週間しか猶予《ゆうよ》がありませんからね。一緒にいる時間を無駄にしないようにしないと……」

そう言いつつ、蒼真は手を差し出してくる。菜穂の方から手を取れと言いたいようだ。

「疑似恋愛中ですからね」

まるで大義名分のように口にし、菜穂は蒼真と手を繋《つな》いだ。

彼に手を引かれて並んで歩くと、勝手に鼓動は高鳴っていく。頭では疑似恋愛だとわかっていても、思うようにならない自分の反応に菜穂は困り果てた。

「恋愛の第一段階はこれでクリアと言っていいかもしれませんね？」

かなり歩いたところで、蒼真が聞いてきた。しっかりドキドキを味わわされた菜穂は、こくりと頷く。

「クリアだと思います」

「とすれば、第二段階はなんでしょうね？」

第二段階？

手を繋《つな》いだから、う、腕を絡《から》めるとか？

さらにドキドキしていたら、蒼真が何か思いついたようだ。

「名前かな」

「名前？」

「苗字で呼び合う恋人はいないと思いませんか？」

「まあ、そうですね」

それってつまり、下の名前で呼び合おうってこと？

「呼び捨てにするのが一番だと思いますが……」

「さ、さすがに急に呼び捨てというのは無理ですよ！」

「ならば、菜穂さん？」

名前で呼ばれて頬に熱が集まる。

「て、照れますね」

「あなたも呼んでみてください」

そう促《うなが》されて蒼真を見るが、じわじわと恥ずかしくなってきてしまいギブアップした。

「すみません。徐々にということで」

「私の名前は呼びづらいですか？　確か、瀬山さんのことは名前で呼んでいたと思ったが……彼の名前はどんなきっかけで呼ぶようになったんですか？」

「仁さん？」

菜穂は眉を寄せて、過去を思い返す。

「初めて会った日に、仁でいいよと言われて、仁さんと呼ぶようになったんです」

そう教えたら、蒼真は気に入らないとばかりに顔をしかめた。

「彼とはずいぶん仲が良いようですね？」

「確かに仲は良いのかもしれませんけど……仁さんには常に彼女がいますから。わたしは、仕事相手として仲良くしてもらっている感じです」

「仲良くするとは、具体的にどんなことを？」

「そうですね……ランチに誘ってくれたり、一緒にお茶を飲んだり」

「ふむ……」

蒼真はなにやら考えるみたいに腕を組んだ。

「いい人ですよ。カメラマンとしての腕も……」

言葉の途中で、蒼真が顔をぐっと近づける。驚いた菜穂は言葉を止めた。

「な……？」

あまりに顔が近すぎて、蒼真の瞳に映った自分が見える。心臓が暴れはじめ、菜穂は目を白黒させた。

「蒼真」

「えっ？」

「そう呼んで」

こんなに顔を近づけられて、そんなに真剣に催促されては、呼べるものも呼べない。いまや呼吸すらままならないというのに……

「え、えっと……そっ、そう……ま、さん」

呼ぶまで待っていそうな雰囲気に、菜穂はしどろもどろになって口にした。

「あまり、呼んでもらった気がしないな」

しかめた顔で指摘され、菜穂は噴き出してしまう。

こっちはようやく口にしたというのに、真面目にダメ出しされるなんて。

くすくす笑ってしまったら、蒼真は憤慨《ふんがい》したようだ。

「どうして笑うんです。私は真剣ですよ」

「徐々に慣れるようにしますから……そ、蒼真さん」

菜穂は照れつつ彼の名を呼んだ。すると蒼真はすぐに機嫌を直したようだった。

「これで第二段階も……クリア、できたようですね」

その言葉に、なんだと思う。

顔を近づけて名を呼べと催促され、さんざんドキドキさせられたのに……

なんだか肩透《かたす》かしを食らった気分だった。


「さあ、着きましたよ。菜穂さん、こちらに」

そこには赤い薔薇《ばら》が咲き誇るアーチがあり、下へ向かう階段があった。

「わあっ、素敵ですね」

蒼真と手を繋《つな》ぎ、一緒に階段を下りながらアーチをくぐる。

その雰囲気に、なんとなくロマンティックな気分になった。

彼のような男性と手を繋《つな》いで、薔薇《ばら》のアーチをくぐるとか……本当に恋人同士になったみたい。

その時、六人の男女が階段を上がってきた。彼らは菜穂と蒼真を見て驚いたように顔を見合わせる。

「今日って何かイベントあった？」

「雑誌かなんかの撮影のモデルなんじゃないの？」

「でも、カメラマンとかいないけど……」

ひそひそと交わされる会話がしっかり耳に入ってくる。

完全に的外れとは言えないな。この服装は広告のためのものなのだから。

蒼真は周囲を気にしないようにしているので、菜穂もそれに倣《なら》う。

階段を下りきったところで、菜穂は蒼真に声をかけた。

「やっぱりこの恰好は、目を引くみたいですね？」

蒼真は頷き真面目に答える。

「そうでなかったら、かえってマズイのではないですか。私たちが出た広告は、まるで人の目を引かないってことになってしまう」

言われてみたら、その通りかも。

「さあ、到着しましたよ。気に入ってくれるといいんですが」

蒼真に手を引かれ、その先に目を向けた菜穂は感激した。

円形に作られた薔薇《ばら》園は、まるで迷路のように入り組んでいる。

それでいて、色とりどりの薔薇《ばら》がまるで計算されたように、美しく配置されているのだ。

蒼真と手を繋《つな》ぎ、きれいに咲き誇る薔薇《ばら》を見て回る。

「この薔薇《ばら》、桃色のレースみたい」

ひときわ美しい薔薇《ばら》を見つけ、菜穂は時間を忘れて見入る。

造花なのではないのかと疑いたくなるほど完璧な美しさだが、造花ではこんなにも強い生命力は感じないだろう。

「きれいだな」

ぼそりと蒼真が呟《つぶや》いた。菜穂は振り返り、「本当にそうですね」と微笑んだ。

蒼真は苦笑すると、菜穂を薔薇《ばら》園の奥へと誘導していく。

「どこに向かっているんですか？」

「あなたに、ぜひ見せたいものがあるんです」

見せたいもの？　この先にいったい何があるんだろう？

気になり、園内マップで確認してみようとしたら、蒼真に取り上げられた。

「上月さん？」

「蒼真ですよ」

「そ、そうでした」

「なかなか定着しそうにないですね。……そうだ、これから苗字で呼んだらペナルティーを科すことにしましょうか？」

「ペナルティーですか？」

「そう。たとえば、なんでもひとつ命令できるとか……」

「命令を聞くんですか？」

「もちろん、私があなたを苗字で呼んでしまったら、あなたは私にひとつ命令できる」

「こ……」

上月さんと呼びそうになり、菜穂は慌てて口をつぐむ。

「いま、上月と呼びそうになりましたよね？」

「ち、違いますよ。こ……こうなったら頑張らないとって……」

「言おうと思った？」

「は、はい」

必死に言い訳したら、急に蒼真がしゃがみ込んだ。そして肩を小刻みに震わせる。

どうやら笑っているようだ。

「おかしくありませんよ！」

顔を真っ赤にして怒鳴ったら、蒼真が首を回して菜穂を見上げてきた。

「あなたはおかしくないかもしれないが、私はおかしいんですよ」

冷静に言われて菜穂は地団太《じだんだ》を踏みたくなる。

「もおっ」

思わず蒼真の背中を叩こうとしたら、彼がすっと立ち上がった。

「わっ！」

驚いたところで手首を掴《つか》まれた。ふたりの距離が近づきドギマギしてしまう。

「もうひとつ、あなたに見せたいものがあるんですよ。……菜穂さん、目を瞑《つぶ》って」

自然に名を呼ばれ、菜穂はさらに動揺する。咄嗟《とっさ》に何を言われたのか理解できない。

「菜穂さん、目を閉じて」

蒼真に急《せ》かされ、戸惑いながらも目を閉じた。

視界が閉ざされると、繋《つな》いだ蒼真の手の感触を強く感じる。さらに彼は、菜穂を促《うなが》すように背中にそっと手を当ててきた。

触れられたところがくすぐったい。

けど、それだけではなくて……どうにももじもじしそうになる。

「そのままゆっくり歩いて」

蒼真が耳のすぐ側で囁《ささや》いた。菜穂はたちまち緊張する。思わず目を開けたくなり、慌ててぎゅっと目に力を入れた。

「転ばないように支えていますから、安心して。さあ」

やさしく促《うなが》され、菜穂はドキドキしながら足を踏み出した。

一歩ずつ、ゆっくりと進んで行くが、目を閉じている菜穂にはどれだけ進んでいるのかわからない。

なにより、すぐ隣に寄り添う蒼真の存在を強烈に感じる。

心臓がありえないくらいバクバクしてる。

上月さんに気づかれたらどうしよう……

「いいですよ。目を開けて」

耳元で囁《ささや》く蒼真の言葉に従い、菜穂は瞼《まぶた》を開けた。

「……っ」

目の前の光景に息を呑む。すぐに言葉が出なかった。

いま、わたしは薔薇《ばら》園にいるはずで……けど、ここは……？

「どこに来ちゃったの？」

目の前には、どこか幻想的な光景が広がっていた。薄桃色の薔薇《ばら》でできたアーチ状のトンネルすら別世界へ続く入口のように感じる。

蒼真に促《うなが》され、菜穂はゆっくりと薔薇《ばら》のトンネルの中を歩き出した。

トンネルの中ほどに、とても小さなベンチが置いてあった。

桃色の薔薇《ばら》の間から木漏れ日《こもれび》が差し込み、小さなベンチの周りでキラキラと光が踊っているように見える。

ここに妖精がいると言われたら、信じてしまいそうな光景だった。

「これは、誰が座るベンチなんでしょうか？」

菜穂は蒼真に問いかけた。

「もちろん」

「もちろん？」

蒼真がなんと答えるのかワクワクして、自然と顔がほころんだ。

すると、突然蒼真が顔を近づけてくる。耳元に彼の顔が近づき、菜穂は固まった。

「光の精ですよ」

「っ……！」

耳元で囁《ささや》かれ、吐息の触れた耳たぶが甘く痺《しび》れる。菜穂は思わず耳を塞《ふさ》いだ。

心臓がドキドキとあり得ない速さで暴走している。

「なっ、なっ！」

「ドキドキしますね」

「えっ？」

「心臓が……」

菜穂はてっきり自分のことを言われたのだと思い、咄嗟《とっさ》に胸を押さえた。

だが、蒼真もまた自分の胸を押さえている。

「光の精に魔法をかけられたかな……」

そう言って、蒼真がそっと菜穂の頬に触れてきた。

「えっ！」

「……瞳に光が入って……きれいだ」

菜穂の瞳を覗《のぞ》き込んだ蒼真が呟《つぶや》く。

「あ」

菜穂の唇から小さな声が漏《も》れた。その瞬間、蒼真は我に返ったように目を瞬《またた》かせる。

そして、改めて菜穂を見つめてきた。

彼はそこでようやく、自分が菜穂の頬に手を触れていることに気づいたようだ。

蒼真は焦ったように自分の手を引いた。

見つめ合ったまま、ふたりして固まってしまう。

どのくらい時が過ぎたのか、蒼真が急に動いた。

彼は急《せ》くように歩き出し、菜穂を振り返ってくる。

「そこにいると危険かもしれない。我を見失う」

蒼真があまりに真剣に言うので、菜穂も慌てて彼に向かって走った。

追いついた菜穂の手を掴《つか》み、蒼真は足早に先へ進む。

それからしばらく、どちらも口を開かなかった。

いまのなんだったの？

ほんとに光の精に魔法をかけられた？

知らない間に薔薇《ばら》のトンネルを抜け、開《ひら》けた場所に出る。そこに広がる景色に菜穂は目を奪われた。

ツタに覆《おお》われたベンチに噴水、そして澄んだ水をたたえた池……

少し先には木でできた小さな家がある。

菜穂は蒼真に手を引かれるままベンチに歩み寄った。ふたりは何も言わず、そこに腰かける。

「あの……さっきは……」

蒼真が気まずそうに口にし、菜穂は慌てて「光の精のしわざですよ」とフォローした。

あれは、真面目に考えちゃダメだ。

なのに、あの時の蒼真が頭から離れない。

「す、素敵な、ところですね。目を開けた一瞬、違う世界に迷い込んだかと、本気で思っちゃいました」

話題を変えようと菜穂は早口で言い、それから少し離れたところにある小さな家を見つめて、蒼真に話しかけた。

「あの家には入れるんでしょうか？」

「中には入れません。窓から中を覗《のぞ》けるだけです」

「そうなんですか。それにしても、細かいところまで丁寧に造り込まれていますね。この公園にこんなところがあるなんて……驚きました」

菜穂は自分の足元に咲いている小さな花に目を向けた。

「この花びらの上に、妖精がいても驚かないかも」

知らぬ間にそんなことを言ってしまい、ハッとして蒼真を見る。

「あ……な、なんか……まだ魔法にかかってるかも」

は、恥ずかしい。

照れ臭さに菜穂は立ち上がり、小さな家まで駆けて行った。蒼真も少し後ろからついてくる。

家を覗《のぞ》くと、微笑みを絶やさない老婦人の息遣いが聞こえてきそうだった。不思議なくらい生活感が漂《ただよ》っている。

ここを造ったのは……どんな人なんだろう？

会えるのであれば、会ってみたい。

「もうひとつ……見せたいものがあるんですが」

蒼真が遠慮がちに声をかけてきて、菜穂は彼を振り返った。蒼真は何も言わずに、家の横手を進んで行く。

さっきの出来事があとを引いているのか、ふたりの間を流れる空気がぎこちなく感じる。

蒼真の背中を見つめながら歩いて行った先にあったのは……

「わあ、ブランコ！」

大きな木に、手造りのブランコが吊るされていた。

「こ、これって、乗ってもいいんでしょうか？」

「いいですよ。飾りのつもりで造ったものではありませんから。ぜひ、乗ってみてください」

早速ブランコに歩み寄ろうとした菜穂は、そこで動きを止め、蒼真をまじまじと見る。

「どうしました？」

『飾りのつもりで造ったものではありませんから。ぜひ、乗ってみてください』？

「あの、こう……そ、蒼真さん」

「おや、いま私の苗字を……」

「気のせいです！」

「気のせい？」

「そう、気のせいです。そんなことより、あの、蒼真さんいま、飾りのつもりで造ったものじゃないって……それって」

「私はそんなことを言いましたか？」

とぼけたように蒼真が言う。

「言いましたよ」

「気のせいですよ」

「えっ、気のせいじゃ……」

「気のせいですよ」

この人ときたら、わたしが誤魔化《ごまか》したから、お返しとばかりに誤魔化《ごまか》してるんだわ。

「もうっ。わかりましたよ。わたしは蒼真さんの苗字を呼びそうになりました！　これでいいんでしょ」

ムキになって白状したら、蒼真がおかしそうに噴き出した。

「この場所を造ったのって、蒼真さんなんですか？」

「まあ、そうです」

蒼真は少し照れながら肯定する。

菜穂は驚きに目を丸くした。

そ、そうなんだ。ほんとにここを蒼真さんが造ったんだ。

「驚きました。わたし、こんな場所を造った人に、会ってみたいって思ってたところで……」

「ありがとう」

蒼真ははにかんだようにお礼を言った。その様子に菜穂の胸がきゅんとする。

思わず彼に歩み寄り、気づくと彼の両手を握り締めていた。

蒼真は何か言おうと口を開いたが結局何も言わず、静かに微笑んだ。そして、菜穂を、そっとブランコへ促《うなが》す。

ブランコに乗るなんて、いつ以来だろう？

少しだけ前後に漕《こ》いでみる。すると蒼真が後ろに回って菜穂の背中を押し、ブランコを揺すってくれた。

懐かしい感覚に、目を細める。

風を切る感じがなんとも懐かしくて……

「気持ちいい……」

菜穂は目を瞑《つぶ》り、なんとも言えない心地よさに浸《ひた》った。

しばらくしてブランコを降りた菜穂は、蒼真と自然に笑い合っていた。

※

その日、家に帰り着いた菜穂は、出迎えてくれた母に矢継《やつ》ぎ早《ばや》に質問を受けた。

撮影はどうだったのか、蒼真と親しくなれたのか、結婚式場はどんな感じだったのか、などなど。

疲れていたこともあり、菜穂は適当に答えつつお風呂に入ると言って逃げた。

そうして湯船に浸《つ》かり、今日一日のことを思い返す。

ほんと今日は色々あった。朝出かける時は、あんなに会うのが嫌だと思っていたのに……

まさか、彼と疑似恋愛をすることになるとは。

だけど……彼の人となりに触れてみて、朝とは真逆と言っていいくらい印象が変わってしまった。

……恋人らしく振る舞うにはまだまだ時間がかかりそうだけど。

蒼真とは、これから連絡が取り合えるように電話番号とメールアドレスを交換した。そして明日の日曜日に、早速二度目のデートをすることになっている。

次の撮影までに恋人らしくなってなきゃいけないんだし、悠長にはしていられないものね。

そう考えながらも、デートを楽しみにしている自分を否定できなかった。


風呂から上がり自室に引き上げた菜穂は、携帯を確認した。だが着信はない。

明日のデートの打ち合わせのために、蒼真から電話がくることになっているのだが……

ベッドに座って連絡を待っているうちに、急激に眠くなってくる。

いけない……蒼真さんの電話を待ってないと……

菜穂はあくびをかみ殺し、蒼真からの連絡を待つ。だが、次第に瞼《まぶた》が下がり、うつらうつらしてしまった。どのくらい経ったのか、なにやら遠くで音がするような気がする。

重たい瞼《まぶた》をなんとか開けた菜穂は、次の瞬間ハッと起き上がり携帯を探した。

あれ？　手にしてたのに……どこいったの？

携帯は床に転がっていた。どうやら寝ている間に取り落としたらしい。

急いで拾い上げたが、間に合わず着信は切れてしまった。

「どうしよう？　やっぱりこっちからかけるべきよね？」

菜穂が寝てしまったと思ったら、もう今夜はかけてこないかもしれない。

けど、明日のデートについて、場所とか時間とか、まだちゃんと決めてないし……

菜穂は、意を決して電話をかけた。蒼真はすぐに出てくれた。

「こ、こんばんは、伊沢です。すみません、電話に出られなくて」

「いえ、こちらこそ、連絡が遅くなってしまい、すみません。もう寝ていたんじゃありませんか？」

「あ……ね、寝て……ました」

嘘がつけずに渋々白状したら、蒼真がくすくす笑う。

その笑い声をくすぐったく感じながら、菜穂は今日のお礼を言った。

「あ、あの。今日はありがとうございました」

蒼真の返事を待つが、なかなか返ってこない。

うん？　どうしたんだろう。

「あ、あの？」

「ああ。いや……こちらこそ、ありがとう」

なんだか歯切れが悪いけど……

「もしかして、眠いんですか？」

「いえ。そういうことでは……ただ、その……あなたのありがとうが……なんというのか、妙に心に沁《し》みて……」

「えっ？」

ひそめた笑い声が聞こえてきて、菜穂の鼓動がかすかに速まる。

「それでは、明日のデートについて、よろしいですか？」

「はい。お願いします」

蒼真が待ち合わせに指定したのは、書店だった。ブライダル雑誌を一緒に選んで買おうと提案される。

「結婚前の恋人が、必ずやることだと思うんです。菜穂さん……どうかな？」

窺《うかが》うように、蒼真は菜穂の名を呼んできた。

「いいと思います。そ、蒼真さん」

できるだけ自然に彼の名を口にしようとしたけれど、呼んだ途端、火がついたみたいに顔が熱くなった。

電話越しに、くっくっと笑う声が聞こえてくる。

「なかなか慣れるのは、難しそうですね」

「すみません」

その後、ふたりしてくすくす笑ってしまった。

「あの、今日連れて行っていただいた公園。本当に素敵なところでした。また行ってみたいです。まだ見ていない薔薇《ばら》園もいっぱい残ってるし……」

またブランコに乗りたいですと言いたかったけれど……なんとなく言えなかった。

あの時間は菜穂の中でとても特別なものになっている。それを言葉にしてしまうと、なんだかその特別が消えてなくなってしまうような気がして。

「あそこなら、いつでも行けますよ」

それは蒼真が連れて行ってくれるということなのだろうか？

けど、その問いを彼に向けることはできなかった。

蒼真との関係は、あくまで疑似恋愛。本物の恋人ではない。

だから、向けられる彼の厚意を誤解してはいけないのだ。

その現実を噛み締めていると、胸が疼《うず》きそうになり、菜穂は考えるのをやめた。

お休みの挨拶《あいさつ》を交わして電話を切った菜穂は、切ない気持ちでベッドに潜《もぐ》り込む。

だが眠りはなかなか訪れない。

自分がため息ばかりついていることに、菜穂は気づいていなかった。

3　疑似恋愛

翌日の午後、待ち合わせ場所に指定された書店に、菜穂は約束の十分前に到着した。

この辺りに来るのは初めてだが、カーナビの案内でスムーズにやって来られた。

町中《まちなか》のかなり大きな書店だ。広々とした駐車場が設けてあるのがありがたい。車を停めて駐車場を見回してみたら、すでに蒼真の車がある。

いけない、もう来てるんだ。

急いで書店の中に入り、蒼真の姿を探すが見つけられない。きょろきょろしながら店内を一周したのだが、なぜかどこにもいなかった。

おかしいな？　車はあったのに。

もしかして、あれは彼の車じゃなかったのかな？

約束の時間までにはまだ五分ほどあるし、蒼真さんがやって来るまで先にブライダル雑誌を見てようかな。

雑誌の売り場を探して店内を歩いていたら、背後から「奇遇ですね」と声をかけられた。

その声は間違いなく蒼真だったのだが……

き、奇遇？

戸惑いながら振り返ると、蒼真は菜穂に向かって微笑み、驚きの言葉を続ける。

「こんなところでお会いするなんて。おや？　もしかして、私がわかりませんか？　二週間ほど前に、砂浜でお会いしたのですが」

その言葉に面食らい、菜穂は言葉が出てこない。

な、何？　どういうこと？

「参ったな。まだわかりませんか……あなたは目にゴミが入ったと仰《おっしゃ》って……」

その通りだけど。ちょっと待って、これってまさか別人だと思ってる？

確かに今日のわたしは薄化粧で、撮影の時のわたしとは印象が違うんだけど……

でも、あの砂浜で、蒼真さんは声を聞いてわたしに気づいたようだった。それなのにどうして、そんな態度を取るんだろう。

ど、どうすればいいの？

いや、どうもしなくていいわ。伊沢だって名乗ればいいのよ。そしたら、なんだやっぱり君だったのかってことになって……

「こんな風に出会えていたなら、いがみ合ったりしなくてすんだでしょうね」

そう言って蒼真は笑う。

困惑していた菜穂は、「えっ？」と叫び、それから蒼真をまじまじと見つめた。

もしかして、わかっててワザと？

困惑させられた分、むかむかと憤《いきどお》りが込み上げてくる。

蒼真さん、わたしをとんでもなく困惑させておいて、まさか、いまの台詞《セリフ》でさらりと流そうとか考えてないわよね？

「てっきり、別人と間違えられているのかと思いました」

腹に据えかねつつも、にっこり笑って言ってやる。ただ、思いのほか低い声が出た。

「その……ようですね」

蒼真はさすがに悪戯《いたずら》が過ぎたと思ったらしい。少し気まずそうな様子だ。

「だが、本来のあなたにようやく再会できた」

そう言って、蒼真は嬉しそうに微笑む。

「そんな笑顔で誤魔化《ごまか》されませんよ」

「誤魔化《ごまか》しているつもりはありませんよ。それだけ、私にとってあの砂浜での出会いは、衝撃的だったんです」

「衝撃的？」

「ええ。私の考えなしの言動で、あなたをひどく傷つけて泣かせてしまった」

「違いますよ。あれは泣いてたんじゃなくて、目にゴミが……」

そう言うと、そっと頭の上に手を置かれた。

驚いて彼を見上げたら、わかっていますよと言いたげな眼差しを向けられる。

え、えーっと……

心臓がやにわにドキドキしてきて、蒼真の顔をまともに見られない。

だから、こういうの困るんだけど……

いや、困らなくていいのか、いまは疑似恋愛中だし。こういう体験をするために、わたしたちはデートしているんだもの。

「ブライダル雑誌を見に行きましょうか」

蒼真は菜穂を促《うなが》して歩き出す。

なんか誤解されてる気がするけど……後で事実をはっきりさせればいいかな？

それにしても……頭の上に手を置いてくるとか……ほんとやめてほしい。

「このコーナーかな」

蒼真が立ち止まった。見るとそこにはブライダル関係の本や雑誌がずらりと並んでいる。

「たくさんありますね」

「ええ。これまで興味がなくて、見たこともなかったが……こんなに書棚を占領するほど種類があるとは……」

「興味を向けないものって、なかなか意識に入ってこないものですからね」

「そのようだ。それで、どれにしますか？」

「何冊くらい買います？　そうだ。全部買って、社長に請求しちゃいます？」

もちろん冗談だけど。

「それはいいな。だが、重すぎるし……今日のところは三冊程度にしておきましょうか？」

菜穂はくすくす笑いながら、蒼真に同意した。

それにしても、表紙はどれも花嫁さんだ。可愛い人やきれいな人、白無垢《しろむく》で清楚な感じの人と……いろんな花嫁さんがいる。

「どの花嫁さんがいいですか？」

何も考えず、菜穂は蒼真に問いかけた。

「そんなことを聞かれるとは思わなかったな」

「えっ？　そ、そうですか？　花嫁さんが目についちゃたので……つい。いろんなタイプの花嫁さんがいるなと思って……」

「確かに」

「うーん、こうして見ると、ケバイ花嫁さんってあんまりいませんね。社長にこういうの見せた方がいいかも」

「いや、そうでもないんじゃないかな」

「え？　どういうことですか？」

「あなたの写真……凄く目を引きましたから」

「そうですか？」

「ええ。広告は何よりそれが大事でしょう？」

「その通りです」

蒼真の言葉で、ずっと胸にあった傷がきれいに癒《い》えていく気がした。

化粧をした顔のケバさを、こんな風に肯定してもらえるなんて思わなかったな。

「それじゃあ。会社のためになるのなら、あのケバイ化粧のままで我慢します。……それに、濃い化粧をしたわたしって普段とは別人に見えるから、かえっていいかもしれません。そこらを歩いて、あの子あの広告の子じゃない？　なんて囁《ささや》かれたりしたら、いたたまれないですもの」

「つまり、私はいたたまれないことになるわけか……」

蒼真は苦々しく言う。

そ、そうか……

「蒼真さんは、お化粧をして別人になれませんものね。ご愁傷様《しゅうしょうさま》です」

気の毒に思ってそう言ったら、蒼真は顔を引きつらせた。

いけない、言葉が過ぎたかも……

「ご愁傷様《しゅうしょうさま》だなんて軽く言っちゃって、ごめんなさい。あの……決して悪気があったわけでは」

そう言ったら、おもむろに蒼真がブライダル雑誌を取り上げ、パラパラとめくりはじめる。

「約三割といった程度ですね」

「はい？　三割って？」

「新郎が雑誌を占める割合ですよ。写真が掲載されるのは圧倒的に花嫁がメインのようだ」

ああ、確かにそうかも。

「なんかそう思うと、やっぱりとんでもない大役ですよね」

引き受けてしまった仕事がどんなものか思い知らされ、しみじみと言ってしまう。

「だが、ひとりではない。ふたりだから」

その言葉が胸を突き、菜穂は蒼真を見上げた。

「……そうですね。ふたりで挑むんですものね」

「そういうことです。では、雑誌を選びましょうか？」

「はい」

菜穂は笑いながら返事をし、ふたりは仲良く雑誌を選んだ。

結局五冊を選び、レジに持って行く。その時になって、なにやら蒼真の様子がおかしくなった。

……ああ、そうか。蒼真さん、きっとブライダル雑誌を買うのが恥ずかしいんだ。

「わたしが買ってきますよ」

菜穂はそう申し出て、雑誌を受け取ろうと手を差し出した。だが、蒼真は「いや、いいんです」

と答え、レジに向かう。いいのかなと思いつつ、菜穂もその後をついて行った。

レジの店員は、ブライダル雑誌をレジに置いた上月を見て、なぜか目を丸くする。

「あ……ありがとう、ございます」

店員は菜穂くらいの女性だが、ずいぶんしどろもどろな対応だ。

この人、どうしてこんなに動揺してるのかな？

首を傾《かし》げていると、支払いを終えた蒼真が包みを受け取った。

「あ、ありがとう、ご、ございました」

最後まで動揺した様子の店員に見送られ、ふたりは書店を後にする。

「店員さん、もしかしてお知り合いでした？」

後からその点に思い至り、そう聞いてみる。

「知り合いというほどでは……だが、しっかり誤解されたようだ」

蒼真はそう言って苦笑した。

「誤解？」

「あなたを連れて、ブライダル雑誌を買ったのだから、結婚すると思われて当然でしょう」

言われてみればその通りだ。

「わたし、普通に本を買ったくらいの気持ちでいました」

「実はいま、この書店の改装を頼まれているんです」

「えっ、そうなんですか？」

「ちょうど改装のイメージを相談しているところで、今日もここで打ち合わせがあったので、その帰りにあなたとここで落ち合うことにしたんです」

そういうことだったんだ。

あの店員さん、蒼真さんを知ってたんだ。あんなに動揺して、もしかしたら蒼真さんのこと好きだったんじゃないかな？

どうにも胸がもやもやしてきて、菜穂はそれを打ち消すように蒼真に明るく声をかけた。

「どんな風に改装するんですか？」

「まだわかりません。色々提案してみたところ、先方も迷っているようでして。最初はコーナーの一角だけという注文だったのが、だんだん大掛かりなものになってしまって。だがそうなれば、当然予定していたより改装費が必要になる。改装の方向性が決まるのは、まだまだ先のことになりそうです」

　仕事の話をする蒼真は男らしくて、どうにもドキドキしてしまう。

「ここでいつまでも立ち話をしているより、どこかに移動しましょう。デートらしい場所というと、どこがいいかな？」

　蒼真は考えつつ、菜穂を促《うなが》して自分の車に連れて行こうとする。

「あ、蒼真さん。わたしは自分の車が」

　そう言うと、蒼真はしまったというように、ひどく顔をしかめた。

「私ときたら、なんて失態だ」

　自分に呆れたみたいに、蒼真はがっくりと肩を落とす。

「あなたを自宅まで迎えに行くべきでした。デートなのに、別々の車なんてありえない」

　そういう風に言われると、そうかもしれない。

「じゃあ、次からはそうするってことで……今日の所は別々でもいいんじゃないですか？」

　彼が気にしないようそう提案したのだが、蒼真はじーっと菜穂を見てくる。

「な、なんですか？」

「それでいいわけがないでしょう」

「難しく捉《とら》えすぎですよ」

「あなたこそ、軽く捉《とら》えすぎですよ」

「そんな、怒らなくたっていいじゃないですか」

「怒っているわけではない。呆れているんですよ」

「呆れ？」

「仕方がない。一度、戻りましょう。そして仕切り直して、デートという段取りに……」

「戻る？　戻るってどこに？」

「あなたの家ですよ」

「ええーっ、家まで戻るんですか？」

「いまは、あなたの車が邪魔だ」

邪魔？

「なんか失礼ですね。ようやく買った可愛い愛車なんですよ」

「あなたの愛車をバカにしたわけではありませんよ」

「だって、邪魔なんて言うから……」

ムッとして知らず唇を突き出してしまう。そんな菜穂を見て、蒼真は態度を変えた。

「わかりました。謝ります。ほら、菜穂さん、機嫌を直して。運転して自宅まで戻りましょう。私はあなたの後をついて行きますから」

宥《なだ》められたのが、子ども扱いされた気がして癇《かん》に障った。

「わたしは別に機嫌を損ねてなんていませんよっ！」

思い切り怒鳴ってしまって、しまったと思う。

気まずく思いながら蒼真を見たら、「ですよね」と肯定された。だが彼は明らかに、必死に笑いを堪《こら》えている。

なんともいたたまれない。

菜穂は背を向け、自分の車に向かって駆け出した。

「自宅ですよ」

念を押すように蒼真が声をかけてきて、菜穂はいったん立ち止まった。

「蒼真さん、笹部代理店の場所を知ってますか？　ここからだと自宅より断然近いんです。そっちに置いていきます」

「まだ行ったことはありませんが、笹部さんの名刺はいただいています。ナビに電話番号を登録して向かいましょう」

菜穂は蒼真に手を振り、自分の車に乗り込んだ。そして蒼真の隣に車を移動させる。

「オッケーですよ。先に行ってください。ついて行きます」

「はい」

菜穂はすぐに車を出し、蒼真の車がついてくるのを確認しつつ、代理店まで移動した。

代理店に完全に人がいない日はない。今日もかなりの人数が出社しているようだった。

蒼真の車はまだだが、そう待つことなくやって来るだろう。

車から降りて、蒼真を待っていたら、「菜穂」と声をかけられた。

振り返ると、代理店から出てきた仁がこちらに向かって手を振っている。

「あっ、仁さん」

「今日は休みだろ？　こんなところでどうしたの？」

「人を待ってるんです？」

「誰を？」

「上月さんです」

「上月？」

仁は戸惑ったように言う。

「色々あって、デートすることになったんです」

「はあ!?　なんでっ！」

仰天したように仁が叫んだ。その様子に菜穂は驚いてしまう。

「仁さん？」

「だって、昨日はあんなに……」

その時、駐車場に蒼真の車が入ってきた。

「あっ、やっと来た。仁さん、それじゃあ、また」

菜穂は仁に挨拶《あいさつ》し、蒼真の車に駆け寄って行った。

「蒼真さん、遅いですよ」

からかうように言ったら、蒼真は顔をしかめた。

「信号で置いて行かれた後、ナビの指示に従わずに近道しようとしたら、とんだ遠回りになってしまった」

「それはそれは……」

悔しそうな様子がおかしくて菜穂が笑っていると、「どうも」と仁が近寄ってきた。

「ああ、瀬山さん」

蒼真がエンジンを切って、車から降りた。

「驚いたよ。君は案外手が早いんだな」

いきなりそんなことを言われた蒼真は、どう返せばいいのか困ったような顔をする。

「仁さん、蒼真さんに失礼なこと言わないでよ！」

「蒼真さん？」

なぜか仁は、眉を寄せて菜穂に聞いてくる。

「いつの間にそんなに親しくなったんだ？　いいか、昨日の今日でデートに誘ってきたなら、充分手が早いだろう？　菜穂こそどうしたんだ。君はこんな簡単に男の誘いに乗るような子じゃなかっただろう！」

なぜか、仁は目くじらを立てて叱《しか》ってくる。

その一方的な言葉に、菜穂はムッとした。

「付き合う相手をとっかえひっかえして、ちょくちょく修羅場に陥《おちい》ってる人に言われたくありません！」

はっきり言い返したら、仁が顔を引きつらせる。

「いま、俺のことはいいだろう！」

「自分のことを棚に上げて、こっちばっかり一方的に責めるなんておかしいですよ。わたしを修羅場に引きずり込んだこともあるくせに」

「そっ、それは、悪かったと思ってるよ」

「失礼」

菜穂と仁の間に、蒼真が割って入ってきた。そして菜穂の手を取る。

「瀬山さん。すみませんが、菜穂さんは私とデート中です。お話はまたの機会に。では、これで失礼させていただきます」

「あ、おいっ！」

仁を無視して、蒼真は菜穂を自分の車の助手席に座らせた。そのまま車の前を回って運転席に乗り込み、エンジンをかける。

「あの、なんかすみません。仁さんが失礼なことを言って」

「あなたが謝ることじゃない」

ぴしゃりと言い、蒼真は車を出した。

車の外を見ると、仁がむっつりとこちらを見ている。そのまま出て行くのも気が引けて、菜穂は小さく手を振った。

広告代理店から遠ざかり、菜穂は蒼真を窺《うかが》った。

やっぱり、気分を害しちゃったかな？

「修羅場とはなんです？」

唐突に蒼真が問いかけてきた。

「ああ、以前ちょっと……」

「あなたは、瀬山さんと付き合っていたんですか？」

「えっ？　付き合ってませんよ」

菜穂は焦って首を振る。

「では、修羅場とはなんです」

前を向いたまま再び蒼真に尋ねられて、菜穂は仕方なく口を開いた。

「その……以前、仁さんが付き合っていた女の子に別れを告げたら、その子がどうしても別れないって修羅場になったことがあったんです。まあ、一度ならずってやつなんですけど……。でも、わたしが巻き込まれたのは一度だけです。常に予防線を張って逃げてますから」

「なぜあなたが修羅場に巻き込まれたんですか？」

「わたしのことを、新しい彼女だって嘘をついたんです」

そう言った途端、蒼真が盛大に顔をしかめた。

「迷惑な人だな。あなたはそんな目に遭《あ》いながら、どうして瀬山さんといまも親しくしているんですか？」

「普段は頼りになる、いい人なので。カメラマンとしての腕は社長のお墨付きだし、仕事の相談にも乗ってくれるんです」

「彼にはもう近づかない方がいい」

「え、そう言われても……仁さんとは仕事を一緒にする機会が多いから……」

「仕事は仕方がないでしょうね。だが、ランチの誘いは断ってください。それから、仕事の相談には、今後私が乗ります」

どうやら蒼真は、仁に対してかなりご立腹のようだ。

確かにさっきの仁さんは、失礼だったものね。怒って当たり前か。

「返事は？」

蒼真に催促され、菜穂は面食らった。

ええっ、いますぐ返事をしなければならないの？

けど、凄く怒ってるみたいだし、ここは素直に従っておいた方がいいかな？

「わかりました」

素直に返事をしたら、蒼真がちらりとこちらを見る。

「適当に答えていませんか？　私は本気で言っているんですよ」

お見通しか。

「だって、仕事仲間ですし、突然そんな風には……ああ、でも、わかりました」

「うん？」

「疑似恋愛中は、蒼真さんの言う通りにします。蒼真さんはいま、わたしの疑似恋人ですから」

晴れやかにそう言ったら、蒼真はどこか憮然《ぶぜん》とした様子で黙り込む。

「ところで、どこに向かってるんですか？」

菜穂は、気を取り直して明るくそう尋ねた。

「……喫茶店です」


蒼真に連れて行かれた喫茶店は、丘の中腹に建っていた。背後には高い木々が茂っていて、喫茶店は風景の中に自然に溶け込んでいる。

「素敵なお店をご存じですね」

そう言ったところで、もしやと思いつく。

「ここも蒼真さんの設計ですか？」

「そうです。……あなたが見たいと言っていたから」

その言葉にときめいてしまう。

そんな風に何気ない一言を覚えていてもらえるのは、凄く嬉しい。

菜穂は改めて喫茶店に目を向けた。

おかしなもので、蒼真の設計だとわかると先ほどまでよりさらに魅力的に映る。

公園の中の庭園もそうだが、この喫茶店も凄く雰囲気があって……蒼真の才能が窺《うかが》える。

「蒼真さん、ここにもよく来られるんですか？」

「いえ。開店してからは来ていませんね。でもそれは、何も問題がないということなので、いいことだと思いますよ」

問題があったら駆けつけるというわけか……それは当然そうなんだろうけど……

「自分が造り上げた喫茶店がどうなっているか、気にならないんですか？」

「それはどういう意味でかな？」

「造り上げた後、建物は命を吹き込まれたわけでしょう？　その様子を見ないのはもったいないと思うんですけど」

蒼真を見上げて、菜穂は感じたままを伝えた。彼は驚いたように目を見開く。

「そんな風に考えたことはなかったな。……では、一緒に確かめに行ってくれますか？」

蒼真は微笑み、菜穂に手を差し出してきた。菜穂も微笑み返し、躊躇《ためら》いなく彼の手を取る。

中に入ると、思った以上に店は混み合っていた。

女性客が多いが、カップルも数組いる。見たところ、席は満席のようだった。

「空いてませんね」

「ええ。……奥の方にも席があるんだが……」

そんな会話をしていたら、店員が歩み寄ってきて声をかけてくれる。

「お客様、奥の方の席が空いておりますので、そちらへどうぞ」

「ああ、ありがとう」

店員に礼を言い、蒼真は菜穂の腕に軽く手を当て、店の奥に連れて行く。

窓際の二人掛けのテーブルが空席だった。ふたりはテーブルの間を抜け、席に落ち着いた。

「席が空いていてよかったです」

あのまま帰ることになっていたら、残念でしょうがなかっただろう。

窓の外を見ると、広いテラスが設けてあり、大きな木を輪切りにしたような自然味溢《あふ》れるテーブルが据えられている。

あそこに座ってみたかったかも……

大きな木の枝がテラスのすぐ側で風に揺れていて、気持ちよさそうだ。

店内に視線を巡《めぐ》らせると、お客さんは景色を眺めながらおしゃべりを楽しんでいる。

いいなぁ。落ち着いた雰囲気がとってもいい。

店内の造りもとても素敵だった。

細部までこだわりを持って設計されているのが伝わってくる……

菜穂は思わず蒼真に目を向けた。彼女の視線に気づき、蒼真が問うように眉を上げる。

その仕草にトクンと心臓が跳ねた。

「ちょ、ちょっと……なんていうか……ときめきました」

「えっ？」

「すべてのものが、とてもこだわりを持って造られてるんだって伝わってきて……蒼真さんって、凄い人ですね」

菜穂はちょっと顔を赤らめて微笑んだ。ちょうどその時、少し年配の女性が席にやって来た。

「いらっしゃいませ」

声をかけ、テーブルにお水とおしぼりを置く。水の入ったグラスもまた素敵で、ついそのデザインに見惚《みと》れていたら、「あらっ、上月さんではないですか」と女性が驚いた声を上げた。

「有川《ありかわ》さん、どうも」

「驚きましたわ。ようこそいらっしゃいました！」

それはもう嬉しそうに、蒼真を歓迎する。

「上月さんがいらっしゃったと知ったら、主人も喜びますわ」

蒼真は微笑んで店内に視線を向ける。

「繁盛しているようですね」

「おかげさまで。上月さんには本当に感謝しているんです。夢に描いていた通りの物を造っていただきました。毎日がもう楽しくて」

「そうですか。こちらこそ、その言葉をいただけて……とても嬉しく思います。有川さん、ありがとう」

蒼真が少し照れくさそうに頭を下げた。

「せっかく来ていただいたので、ゆっくりお話をしたいのだけど……」

有川という婦人は残念そうに、入り口の方に視線を向ける。店員はこの婦人の他にも数人いるようだが、とても混み合っていておしゃべりばかりしていられないようだ。

「どうぞ仕事に戻ってください。客として楽しませていただきます」

「ありがとうございます。それでは、ご注文がお決まりになりましたら、お呼びください」

婦人はそう言って、その場から立ち去った。

「感謝されていますね」

菜穂の言葉に蒼真は困ったように視線を逸《そ》らした。凄く照れ臭いみたいだ。

素敵な場面に居合わせてもらえたことに、菜穂も感謝したくなった。

それから、ふたりでメニューを眺める。どれもみんな美味《おい》しそうで、菜穂はなかなか決められない。

「そんなに悩むのであれば、いっそ好きなだけ頼んではどうです？」

「そうはいきません。誘惑しないでください」

蒼真の魅力的な申し出をきっぱりと断り、菜穂はアップルケーキを注文することにした。メニューの写真では煮た林檎《りんご》がふんだんに盛り付けてあって、とても美味《おい》しそうだ。

「蒼真さんは何にするんですか？」

「私は……飲み物だけでいいんだが……」

「ええっ！　せっかくなんですから、一緒に食べましょうよ」

メニューによれば、これらのケーキはこの店の店長——先ほどの婦人のご主人の手作りらしい。

蒼真には、ぜひ食べてもらいたい。

「なら、これにしようかな」

蒼真が選んだのはフルーツタルトだった。美味《おい》しそうなフルーツが山盛りになっている。

「それ、わたしも食べたいなって思ったんですよね。次に来た時はそれにしようかしら」

独り言のように言ったら、蒼真が笑ったような気がした。

「よかったら、シェアしますか？」

「ほんとですか！」

パッと彼を見ると、菜穂を見て微笑んでいる。

「なんですか？」

「来てよかったと思って……」

なんだか、色々な思いが詰まっていそうな蒼真の言葉に、菜穂は嬉しくなる。

注文を済ませた蒼真が、おもむろに書店の袋をテーブルに置いた。それを見た菜穂は、早く見せてと言わんばかりに両手を差し出す。

「どれから見ますか？」

蒼真が雑誌を袋から取り出しテーブルに広げた。

「それじゃあ……まずは、これ」

一番手前の雑誌を手に取り、他の四冊を脇に除《よ》ける。

ページの最初は、見開きで結婚式場の広告が何ページも続いていた。それぞれの式場で式を挙げたカップルの写真が掲載されている。

「こんな風に、実際に行《おこな》われた結婚式の写真を載せているんですね」

それにしても、どの結婚式場もそれぞれ個性があって、なんとも興味を引かれる。

まあ、結婚する予定なんてわたしにはないんだけど。

しかし、予定のないわたしでも、こうして興味をそそられるんだ。やっぱり、結婚式っていうのは女性にとっての夢ってことなんだろうな。

「これとか、あなたに似合いそうだな」

ウエディングドレスの特集ページを見ていたら、急に蒼真が身を乗り出してきて言う。

彼が指さしているのは、とても気品のあるドレスだった。

蒼真さん、これがわたしに似合うと思ってくれるの？

な、なんか嬉しいかも。

そう思った途端、じわじわと顔が赤らんできて、恥ずかしくなる。

嫌だ、わたし意識しすぎだ。

困った菜穂は、顔を伏せてページをめくった。すると、今度はタキシードを取り上げているページになり、菜穂は思わず手を止めた。

「蒼真さん、タキシードですよ」

雑誌を蒼真の方に向ける。ふたりで雑誌を眺めながら、男性モデルが着ているタキシードを一通り見ていった。

「あっ、この黒のタキシード、蒼真さんに似合いそう」

細身でとても洗練されたデザインだ。

このシックなタキシードを着た蒼真を、菜穂は容易に想像できる。

せっかくなら、実際に着ているところを見てみたいな。

「それでは、このようなデザインのものにしてもらいましょうか？」

蒼真の言っている意味がわからず、菜穂は首を傾《かし》げた。

「今後の撮影衣装です。ゆくゆくは着ることになるのではないですか？」

ああ、そういうことか。今後、結婚式の撮影をする機会はきっとあるだろう。

わたしもウエディングドレスを着られるのよね。その時は、蒼真さんが似合うと言ってくれたドレスに……

そんなことを思っていると、先程の婦人が注文したものを運んできた。

「まあ、上月さん」

飲み物を置いてくれた婦人は驚いた声を上げる。

「ご結婚なさるんですか？」

婦人は雑誌と菜穂とを交互に見て、蒼真に問う。

「あ」

蒼真はひと声上げて固まった。

レストランの時同様、このシチュエーションでは誤解されて当然だ。

蒼真はどうするんだろうと思っていたら、驚いたことに「そうなんです」と言うではないか。

ええっ⁉

「まあ、おめでとうございます！」

婦人は顔をほころばせて、心からお祝いの言葉を言ってくれる。

「ありがとうございます」

蒼真さんったら、お礼を言っちゃダメでしょ。

その気持ちを込めて彼と目を合わせるが、蒼真は何を考えているのか小さく笑みを浮かべるばかりだ。

レストランの時といい、本当にこれでいいの？

結局、しっかり誤解を植え付けた状態で、席を立つことになった。

お会計を済ませ店から出ようとしたら、奥から慌てた様子で男性が走って来る。

「上月さん！」

「ああ、有川さん」

「よく来てくれました」

「フルーツタルト、とても美味《おい》しかったです」

笑顔でそう言う蒼真に続き、菜穂も感想を伝える。

「わたしも、アップルケーキ、凄く美味《おい》しかったです。ご馳走様でした」

「あ、ありがとうございます。……あの、ご結婚なさると聞きましたが」

有川は菜穂と蒼真を交互に見て、口を開く。

「……え、ええ」

蒼真はいまになって困ったような返事をする。

もう、疑似恋愛をしているからって、嘘をついたりするから……

結婚祝いムードいっぱいの有川に見送られ、ふたりは店を出ることとなった。

車に戻り、蒼真が菜穂の方を向いてくる。

「知りませんよ」

蒼真が何か言う前にそう言ってやった。すると彼は、困った様子で頭を掻く。

「つい軽い気持ちで……」

「そのようでしたね」

「すみません」

肩を落として謝られ、どうにも笑いが込み上げてくる。

「誤解されてしまったものは仕方ないです。けど、もう来られなくなっちゃいましたよ。他のメニューも食べてみたかったのに……」

「……そうとも限らない」

なにやら蒼真が言ったが、あまりに小さな呟《つぶや》きで聞き取れなかった。

「いまなんて言いました？」

「なんでもありませんよ。では、帰りましょうか」

喫茶店を後にし、菜穂は秋の色に彩《いろど》られつつある景色を眺めた。来た道を戻っているはずなのに、初めて通る道みたいに感じる。

「ここって、来た道と違います？」

「いえ、同じですよ」

「景色が違って見えるんですけど」

「ああ、日が暮れてきたからじゃないですか。色合いでずいぶんと印象が変わりますからね」

あっ、そういうことか……

「連れてきてくださって、ありがとうございました」

菜穂は改めて、蒼真にお礼を言った。

「こちらこそ、ありがとう。……あなたの言った通りだった」

「はい？」

「これまでは、仕事は造り上げるまでと、メンテナンスが自分の役割だと思っていた。……けれど、そういうことではなかったな」

菜穂は黙ったまま相槌《あいづち》を打った。

「建物の柱や壁や床……デザイン。使用した材質……これまで、私の目や心は、そういう表面的な部分しか見ていなかった」

一言一言、考えながら口にしていく蒼真が、一瞬菜穂を見る。

前に目を戻した彼は、言葉を選ぶように口を開いた。

「大袈裟《おおげさ》なことを言うようだが……なにやら世界が変わった気がする」

そう口にした蒼真は、照れ臭くなったのか、黙り込んだ。

菜穂は言葉がなかった。

素直に思いを口にする蒼真があまりに魅力的で、心臓がドキドキと高鳴っている。

菜穂は窓の外の景色に目を向けた。

胸の中に、抱《いだ》きたくない思いが芽生えはじめているのを感じる。

そのことに、菜穂は気づかないふりをした。

※

月曜日。会社に出勤した菜穂は、ブライダル雑誌を抱えて社長室へとやって来た。

朝一番に呼び出しを受けたのだ。ウエディングドレスとタキシードについて話しておきたかったので、ちょうどよかった。

社長は年がら年中忙しい人で、普段はなかなか捕まらないのだ。

社長室に入った菜穂は、勧められるまま椅子に座る。テーブルを挟んで向かいに座る香苗は、菜穂が手にしている雑誌を興味深そうに見つめた。

「早速やる気を感じるわね」

香苗にからかわれるが、菜穂は真面目な顔で頷いた。

「ずっと後ろ向きだったけど、ようやく前を向いてくれたのね。それは、お相手の方も、なのかしら？」

「この雑誌、蒼真さんと一緒に買いに行きました」

「まあ！　そうなの」

香苗は物凄く満足そうだ。

「ということは、次の撮影は安心してよさそう？」

「うーん……たぶん」

「充分だわ。はーっ、肩から重い荷が下りた気分よ」

「あんまり安心しないでください。前より親しくなりましたけど……わたしたち、モデルはド素人《しろうと》なんですから」

「それでいいのよぉ」

香苗は機嫌よく言う。

菜穂はブライダル雑誌をテーブルに置き、付箋《ふせん》を付けたところを開いた。

「あら、なあに？」

「ウエディングドレスとタキシード、そのうち着ることになるんですよね？」

「ええ。……あら、もしかして、こういうのを着たいってこと？」

「はい。可能なら、お願いしたいと思って」

ページをめくってタキシードを指さす。香苗は「あらまあっ、びっくり！　びっくりのびっくりだわ」と大袈裟《おおげさ》に叫びながら、雑誌を取り上げた。

「まあ、まあ、まあ」

なかなか驚きから抜け出せないようで、香苗はなおも騒ぐ。

「そんなに驚かなくても」

さすがに気まずくなって物申す。

「驚きもするわよ！」

香苗は手にした雑誌を大きく振りながら、言い返してきた。

「思っていた以上に仲良くなってた上に、進んで衣装を選び、名前で呼んでいるなんて」

最後の言葉に、ちょっと顔が赤らむ。

「だって、疑似恋愛しろって、社長が言ったじゃないですか！　わたしたちはその指示に従ってるだけですよ」

香苗は黙ったまま、なぜかうんうんと頷いている。

「それでは、これで」

立ち上がったら、「ちょっと待ちなさい、まだよ」と引き止められる。菜穂は仕方なくまた椅子に座った。

「土曜日の撮影から、まだ二日よ。たったの二日で、あれほど険悪だったあんたたちが、仲直りした上に、ここまで仲良くなるとは予想外だったわ。でも……上手《うま》くいきすぎると、かえって不安になるのよね」

「そんなことを言われても……」

「それでよ。土曜日はあの後どこに行って何をしたの？　もしかして、昨日も会った？」

「疑似恋愛中ですからね」

そう言ったら、香苗が楽しげに笑い出す。

「まあ、いいわ。まだ十日以上あるし、せいぜい仲良くなってちょうだい。衣装の件は約束はできないけど、参考にさせてもらうわね」

菜穂は頷き、軽い足取りで自分の席に戻った。

昼休みになり、香苗が驚いた件について蒼真にメールで知らせる。

そうしたら、すぐに彼から返信が届く。結局お弁当を食べてる間、ずっとメールのやり取りをしてしまった。

彼とは語ることが尽きない。

蒼真の話すことはどんなことにも興味を引かれるし、菜穂が仕事の話をすれば蒼真も興味深く聞いてくれる。

菜穂は異性とのやり取りを、こんなに楽しく感じたのは初めてだった。


それから三日後の昼時。菜穂はそわそわしながら机の上を片付けていた。

実は、これから蒼真とランチを食べることになっている。あと五分くらいしたら、彼が迎えに来てくれる予定だ。

バッグを持ち、足早に仕事場を後にする。

軽い足取りで階段を下りていたら、上から「菜穂」と呼びかけられた。

「あら、仁さん。こんにちは」

そういえば、彼と会うのは日曜日以来だ。

あれきり、仁さんからは、なんの連絡もなかったけど……

「改めて話を聞きに来たんだ」

「話？」

「上月のことに決まってるだろ。あいつに、何もされなかったか？」

眉を寄せて言う仁は、ずいぶん心配してくれているようだ。

妹分としては、気にかけてもらえるのは嬉しいんだけど……

「それって、何を指して言ってるんですか？」

「つまり……わかるだろう？」

もちろんわかるけど……

蒼真さん相手に、仁さんが心配するようなことなんて起こりはしないのに……

「何もありませんよ。すみません。わたしいま、時間がないんです」

階段の途中で話していた菜穂は、仁に背を向けて階段を下りる。

「これからどこかに出かけるのか？　昼休みだろう？　俺、君をランチに誘おうと思って……」

仁も階段を下りながら話しかけてくる。階段を下り切った菜穂は、仁と向き合った。

「ごめんなさい。わたし、仁さんとランチには行けないんです」

「は？　それどういうこと？」

「うーん、説明が面倒なんですよ。とにかくランチには行けないということで……ちょっと急ぐので、これで失礼しますね」

時間が気になり、菜穂は出口に向かって駆け出そうとした。その腕を仁に取られる。

「ちょっと待て」

「仁さん……ほんとに時間が」

「そんなに慌ててどこに行くんだ？」

「蒼……上月さんが迎えに来るんです。ランチの約束をしてて」

「またあいつか‼」

たちまち仁が顔をしかめる。

「撮影のためなんですよ」

「は？」

菜穂は出口に向かって歩き出した。今度は引き止められなかったが、仁もついてくる。

「社長から、次の撮影までに、結婚間近の恋人に見えるようになっておけとお達しを受けたんです。それでデートをしてるんです」

菜穂は歩きながら仁に説明した。

「なるほどね。それで俺の誘いには乗れないってのは、なんでだ？」

「あ、蒼真さん！」

駐車場には、すでに蒼真が待っていた。菜穂は急いで車の横に立つ彼に駆け寄る。

「すみません。お待たせちゃって」

「いえ。それほど待っていませんよ」

そう答える蒼真の視線は、仁に向けられている。

仁は、なにやら余裕の表情で蒼真に歩み寄った。

「撮影のためにデートしてるんだって？」

仁の言葉を聞き、蒼真が菜穂を見てくる。

「瀬山さんには近づかない方がいいと言いましたよね？」

そうなんだけど……この場合どうしようもなかったんですが……

「上月、君はなんの権利があって、そんなことを言う？」

「心配だからですよ。あなたは素行が良くない」

「失礼だな！」

「そうでしょうか？」

ふたりときたら、やたら喧嘩腰で言い合いをはじめてしまう。ほっといたら、いつまでも続けそうな勢いで、仕方なく菜穂はふたりの間に割り込んだ。

「蒼真さん、このままだとランチの時間が無くなってしまいますよ」

「確かにそうですね」

「俺も行く！　こんなやつと、菜穂をふたりきりになんてさせられるか」

「それはダメ！」

菜穂はきっぱりと断った。

「菜穂？」

「これはデートなんです。仁さんを連れていったらデートになりません」

「な、菜穂」

仁はひどくショックを受けたようだが、放って置いてランチに行くことにする。

菜穂は急いで蒼真の車に乗り込んだ。蒼真もすぐに乗ってくる。

菜穂は、前回と同じように仁に手を振ったが、仁は振り返してこなかった。

「なんか、またまたすみません」

改めて、菜穂は運転席の蒼真に向かって頭を下げる。

「謝ってほしくないな」

ぴしゃりと謝罪を拒否され、菜穂は言葉に詰まった。

「気に入らない」

蒼真は憤慨《ふんがい》したように言う。

ほんとすみませんと言いたかったが、謝罪を拒否されているので口にできない。

ランチに向かった店は、車で五分ほどの場所にあった。駐車場に空きはなかったが、たまたま出ていく車があり、運よく停められた。

その間、蒼真は終始無言だった。店内に入り、向かい合って座っても口を利いてくれないので、菜穂はおずおずと話しかける。

「まだ、怒ってます？」

すると、蒼真に睨《にら》まれた。

「あの人は、いつも来ているんですか？」

その言葉に噴き出しそうになったが、なんとか堪《こら》えて返事をする。

「そんなことないですよ。仁さんは、ああ見えて超多忙なんです。あっちこっちから引っ張りだこなんですから」

「それでも会いに来るわけだ」

「うちの仕事もやってくれてますから、そりゃあ来ますよ。でも、この三日間は、姿を見せていませんよ。今日はたまたま会っただけで……」

そこまで言った菜穂は、首を傾《かし》げて蒼真と目を合わせた。

「蒼真さんと仁さん、なんか引き合うものでもあるんじゃないですか？」

「冗談じゃない！」

「で、ですよねぇ」

失敗だ。余計なことを言ってしまった。けど、そう感じるんだもの。

「彼とは連絡を取り合っているんですか？」

そう言われて、あれっ？　と思う。

「そういえば、ここのところ、電話もメールも来てないですね」

「そうなんですか？」

「気まぐれなんですよ」

「そうか……」

ようやく蒼真の機嫌も直ってきたようだ。

やれやれ……こんなことで次の撮影大丈夫かしら？

その後は、楽しくランチを食べ、会話も弾んだ。

「そうだ。今度の週末ですが、菜穂さんの予定は？」

「わたしは大丈夫ですよ。これといって予定はありませんから」

「土曜日は急な仕事が入ってしまったのですが……もし、あなたさえよければ、日曜日に映画でも観に行きませんか？」

「ホントですか！　わたし、いま話題の映画が気になっていたんです。ちょうど今週の土曜日から公開されるんですよ」

菜穂がタイトルと簡単な内容を説明すると、蒼真も興味を見せる。

そうしてふたりは、日曜日にその映画を観に行くことに決めたのだった。

※

「蒼真さんとは、その後どうなの？」

日曜の朝。母が唐突に聞いてきて、菜穂はきょとんと目を向けた。

「どうって？」

伯母さんから見合いの件は無しになったって、聞いてないのかな？

「香苗姉さんから、ふりだしに戻ったから何も言わずに見守れって言われたんだけど……」

ふりだし……？　伯母さん、そんな風に伝えたのか。

まあ、無しになったってのは、ある意味ふりだしなのかな？　で、何も言わずに見守れ……か。

なんかそれって、微妙に無しになってないような気もするけど？

菜穂が考えている間、母は期待するような目を向けてくる。

なんて答えよう？　疑似恋愛してるなんてことは、言わない方がいいよね。

「まあ、その……撮影はまだ続くから……それなりに仲良くしなさいって言われて……努力してるけど」

「努力って、どんな努力？」

うっ、そこ突っ込む？

「ランチ食べたりしてる」

「まあ、そうなの？」

母の目がキラキラと輝き出した。

こ、これって、まずい？　言わない方がよかった？

「あっ、これから出かけるのって、もしや蒼真さんと……」

菜穂は、咄嗟《とっさ》に「違う」と嘘をついた。

実のところ、今日もこれから会うわけなんだけど……そんなことを言ったら、すでにキラキラになっている母の目はどうなることやら。

「なんだ、違うの」

母はがっかりした様子で、玄関から消えた。

すると、洗面所から父が顔を出してきて、菜穂はびっくりした。

お、お父さん、そこにいたの？

まさか、いまの話、聞いちゃった？

娘の恋愛事情に関して、常日頃から異常なほど気を揉《も》んでいる父には、蒼真の件はすべて内緒にしていたのだが。

「蒼真というのは、誰のことかな？　ランチがどうとか、聞こえたんだが」

ま、まずい！　このままじゃ約束の時間に間に合わなくなる。

「お母さーん！」

大声で母に助けを求めると、「どうしたのよ？」と言いながら戻って来た母が、父を見て
「ゲッ！」と言う。

「咲子。蒼真というのは……」

父の意識が母に向いたところで、菜穂は急いで玄関から飛び出た。

「あっ、菜穂！　ちょっと待てっ！」

待てと言われて待てるかと言うのだ。

家に戻った後が少々不安だったが、母がなんとかしてくれるだろう。

家を出た菜穂は、自分の車には乗らず、三十メートル先にある公園まで走った。

三台ほど車が停められる駐車場に、蒼真の車が停まっている。

諸々の事情から、自宅に来てもらうわけにはいかなかったので、また会社で落ち合おうと提案した。だが、蒼真が家の近くまで迎えに行くと言って譲らなかったため、ここを待ち合わせ場所に指定したのだ。

菜穂に気づき、蒼真はさっと車から降り立つ。

すでに何度も会っているというのに、思わず見惚《みと》れそうになった。クールな表情で見つめられると、どうにもドキリとしてしまう。

こんな人と、仕事とはいえデートできるなんて……やっぱり、しあわせなのかな？

本当の恋愛でないところが、微妙に残念だけど……

車に乗り込み、シートベルトを着けながら思わず思い出し笑いをしてしまう。

「どうしました？」

「実は……父が」

「お父さん？」

「はい。蒼真さんのこと内緒してたんですけど……出がけに母と話しているのを聞かれてしまって……蒼真って誰だって、凄い剣幕で」

「それで、どうしたんです？」

「逃げてきました。いま頃母がどうにかしてくれてると思います」

「お母さんは、今日私と会うことを知っているんですか？」

「知りませんよ」

「そうなんですか？」

「見合いの件もありますし……あまり期待させることは言わない方がいいと思って。蒼真さんのお母様は何か言ってきますか？」

「いえ、その話はしていないので……結局、見合いについては、どう伝わっているんです？」

「母が言うには、伯母から、ふりだしに戻ったから何も言わずに見守るように、と言われたそうです」

説明をするうちに、落ち着かない気持ちになる。

蒼真さん、見合いの件は完全に終わってると思っているのよね？

こんな曖昧《あいまい》な状況だと知って、気分を害したらどうしよう？

「あ、あの……なんかまだゼロになってないみたいで……け、けど、お見合いの話が勝手に進むなんてことは絶対にないと思うので」

「菜穂さん」

「は、はい」

「そんなに気にしなくても大丈夫ですよ。お互いの母親ががっかりしないように、考えてくださっているようだ」

よ、よかった。蒼真さん、怒ってないみたいだ。

「じゃあ、出かけましょうか」

「はい」

映画館に到着したのだが、なんとそこは人で溢《あふ》れんばかりだ。チケットを購入する人の列が、映画館の外まで続いている。

「凄いですね」

「公開されてまだ二日目、しかも今日は日曜日ですからね。時間がかかるのを覚悟で、並びますか？　それとも、デート場所を変更しますか？」

「そうですね。映画は観たいけど……これからこの列に並ぶのかと思うと、めげちゃいそうです。いずれレンタルショップで借りられるし……今日のところは予定を変更しましょうか？」

「レンタルショップでか……」

「どうかしました？」

「いえ。そういえば、叔父の家のリビングには、めったに使わないホームシアターが完備してあったなと思い出して……」

「ホームシアター？　わあ、凄いですね」

「菜穂さん、今日は珍しく叔父が家にいるんです。あなたにも会いたがっていたし、もしよかったら家《うち》に来ませんか？」

「蒼真さんのお家《うち》に？」

蒼真さんが住んでいるのは、彼の叔父さんの家なのよね。なんの準備もなくお家《うち》にお邪魔するというのは、凄く緊張する……

「ただ……」

「ただ……なんですか？」

「笹部さんが来ているかもしれない」

その言葉に、一瞬戸惑う。

「え……伯母が？」

「ええ。笹部さんも忙しい方だから、今日が休みかは知りませんが？　あなたはご存じですか？」

「え、えーっと……なんで伯母が、蒼真さんのお家《うち》に？」

そもそも、そこがわからないんだけど……

「うん？　もしかして、ご存じないんですか？」

「あの、いったいなんのことですか？　蒼真さんの叔父さんのお宅に、伯母は遊びに行ってるということですか？」

「ふたりは付き合っているんです……驚いたな、本当に知らなかったんですか？」

その言葉に菜穂は唖然《あぜん》とした。

し、知らなかったんですかって……

「そ、そんなの初耳ですよ！」

思わず大きな声を出してしまい、周囲の目を集めてしまう。

焦った菜穂は慌てて口を閉じた。

「す、すみません」

「いや、いいんですよ。とにかく車に戻りましょうか？」

「は、はい」

蒼真に促《うなが》され、ふたりは彼の車に戻った。

どういうことか早く話が聞きたい菜穂は、車に乗るとすぐ、蒼真を急《せ》かすように問いかけた。

「ほんとに伯母と蒼真さんの叔父さんが付き合っているんですか？」

「ええ」

はっきりと肯定されて、どっと疲れを感じた。菜穂は座席に凭《もた》れ、ぎゅっと眉を寄せてしまう。

「まさか伯母さんに、そんな人がいたなんて……」

「ふたりは別に隠《かく》してはいないようですが……たまたまあなたの耳には入っていなかったということかな」

そ、そうなの？

「わたしの両親も、そのことを知ってるんでしょうか？」

「それは、私には……家に帰ってご両親に聞いてみるといい」

「で、ですよね。すみません。動転しちゃってて」

仕事一筋で、恋愛なんて興味がないのかと思っていたのに。

お母さんが知らないってことはないよね？

できれば、いますぐ伯母さんに電話して事情を聞きたいところだ。

「私は笹部さんについて……勝手な誤解をしていたようです」

蒼真が急にそんなことを言い出し、菜穂は彼に意識を向けた。

「誤解、ですか？」

「ええ。私は笹部さんが、叔父を……その、弄《もてあそ》んでいるように思い込んでいて」

「ええっ！」

「叔父は以前から笹部さんに求婚しているんです。だが、なぜかずっと断られ続けていて……」

「そうなんですか？」

「叔父の気を引くだけ引いて、叔父を翻弄《ほんろう》している……すみません、性悪女だと」

「ああ、それで。だから、最初に会った日、わたしが姪《めい》だとわかって……」

「そうです。あんな風にあなたに八つ当たりして……申し訳なかった」

そうか。そういうことだったんだ。

「今回のことをきっかけに、笹部さんがどういう気持ちで叔父と付き合っているのか……叔父から直接聞くことができました」

「叔父様は、なんて？」

「互いに会社経営という大きな責任を負っている。それに年齢のこともあるため、あえて結婚という形をとる必要はないと考えているようです」

「そうだったんですね」

サバサバした香苗らしい考えだ。

「といっても、叔父は結婚して笹部さんと一緒に暮らしたがっているんですが……」

「伯母は嫌がっているんですか？」

「いえ、結婚という形を取らずに一緒に住もうと言われているそうですよ。だが、叔父はそれは嫌だというんです。一緒に住むなら結婚したいと」

「つまり平行線を辿《たど》っているわけですか？」

「そういうことです」

そうなんだ……けど、なんか嬉しいかも。

「わたし、伯母は仕事にしか興味がない人だと思ってました。そんな伯母を尊敬していたんですけど……」

なんだか胸の中いっぱいに喜びが広がってきて、菜穂は笑み崩れた。

「嬉しいです。わたしの中で、伯母という人がさらに大きくなったみたい……」

「あなたは凄いな」

「凄い？」

「それに比べて、私は小さい」

「そんなことないですよ」

「いや……事情も聞かずに、一方的な見方しかしてこなかった」

肩を落としている蒼真を、なんとか元気づけたくなる。

「蒼真さんは小さくなんてないですよ。才能があるし、わたし凄く尊敬してます」

一生懸命言っていたら、蒼真が顔を上げ菜穂を見てきた。

アッと思った時には、彼が身体を近づけふたりの距離を詰めてくる。

その近さにドキドキしていたら、突然蒼真に襲いかかられた。

「わっ！」

菜穂の頭を掴《つか》んだ蒼真は、彼女の髪をぐしゃぐしゃにかき混ぜる。

「な、な、な……何を」

呆然として目の前の彼を見上げ、しどろもどろで問いかけた。

「ああ、気持ちが収まらなくて……おかげですっきりしました」

はあっ!?

唖然《あぜん》としている菜穂をそのままにして、蒼真は言葉通りすっきりした顔で「さて、どうしましょうか？」なんて聞いてくる。

「わっ、わけがわからないんですけど！」

大声で文句を言ったら、蒼真は菜穂を見て笑った。

「髪の毛が凄いことになってますよ」

他人事《ひとごと》みたいな言葉に、むかっ腹が立つ。

「わざわざ指摘されなくても、わかってますよ！　あなたがぐしゃぐしゃにしたんじゃないですかっ！」

怒鳴り返して、そっぽを向いた。菜穂はぷりぷり怒りながら乱れた髪を手櫛《てぐし》で直す。

だけど、心臓はドキドキと鼓動を速めていた。

本当は、蒼真とのじゃれあいを楽しんでしまっている。いつにない彼の態度に、胸がきゅんきゅんしちゃっているのだ。

だけど、彼のことを好きになっちゃいけない。これはあくまで疑似恋愛なんだから……

一人で盛り上がったりしたら、最後に傷つくのは自分だ。

……けど、本当にそう？

期待しそうになっている自分に気づき、菜穂は慌てて気持ちをセーブする。

この人に期待しちゃダメ。好きになり過ぎてもダメだ。

「もう充分きれいになりましたよ」

必死に自分に言い聞かせて髪を整えていたら、蒼真が澄まして言う。

「やりすぎですよっ」

自分だけドキドキしてしまっているのがもどかしく、菜穂はつい蒼真に噛みついてしまった。

だが彼は痛くもかゆくもないといった様子なのだ。

「もおっ！」

思い余って、菜穂は蒼真をぽかぽかと叩いてやった。すると彼は、笑いながら応戦してくる。

遊ばれている感じ満載だが、それがまた菜穂の心を疼《うず》かせて……

しあわせと切なさと、ままならない自分の心が歯がゆくてならない。

しばらくじゃれ合ったことで、少し気持ちが落ち着いてきた。

「さて、それじゃあどうしましょうか？　叔父に会いに来てくださいますか？」

どこか晴れ晴れとした顔で、蒼真が聞いてくる。

「そう、ですね……それじゃあ……お邪魔させていただきます」

蒼真の恩人という叔父さんにも興味があるし、伯母とのことも聞いてみたい。

「了解です」

蒼真はすぐに車を出した。

そうして菜穂は、思いがけず彼の自宅へ行くことになったのだった。


「さあ、着きましたよ」

蒼真は大きなガレージに車を乗り入れた。車を降り、目の前の家を見た菜穂は、目を丸くした。

「なっ……」

その家はとにかく大きい。だが大きいだけではなく、とんでもなく独創的な家だった。

ぽかんと口を開けて家を眺めていたら、いつの間にか隣にいた蒼真に笑われているのに気づいた。

思わず口を開けたまま、蒼真を見てしまう。

「最初はみんな驚くんですよ」

「おっ、驚きますよ！」

きれいにカーブを描いた屋根を持つ木造平屋建ての家。その南側には、幅広のテラスが設けられている。さらに家の奥に塔のように突き出した屋根が見えたり、プールまであった。そして家の周囲を囲む庭木は、なんとも自然味溢《あふ》れている……

一見バラバラなそれらだが、絶妙なバランスをもってモダンにまとまっているのだ。

「凄い」

「叔父の才能が詰まった家ですよ。見るたびに格の違いを見せつけられるというか……」

蒼真はそう言って顔をしかめるが、どこか嬉しそうでもある。

「叔父様は蒼真さんの目標なんですね。けど、目標が高いのはいいことですよね」

そう言ったら、蒼真が驚いたように菜穂を見る。

あれっ？　わたし、何か変なこと言った？

もじもじしていたら、蒼真は笑みを浮かべ菜穂を促《うなが》して歩き出す。

そこで菜穂は、ガレージに香苗の車があるのに気づいた。

「き、来てるようですよ」

「そのようですね」

なんだか変にドキドキしてきた。

蒼真と家の門を通って中に入ったら、「あらまあ」と伯母の声が聞こえてきた。

声のした方を見ると、香苗が男性と一緒にテラスから手を振っている。

あの人が蒼真の叔父だろう。

「伯母さん」

色々驚かされたものだから、つい怒ったように呼びかけてしまう。

「ついにバレちゃったわね」

香苗は楽しそうに笑った。

だが、菜穂の意識は初対面の蒼真の叔父に向いてしまう。

ちゃんと挨拶《あいさつ》しないと……

蒼真がふたりに歩み寄って行き、菜穂もそれに続いた。

彼の叔父は、香苗から菜穂の話を聞いていたようで、初めから親しく接してくれる。おかげで菜穂はあまり緊張することなく会話ができた。

名前は上月卓也というそうで、とても切れ者の印象を受けた。一緒に並んでいるのを見ると、香苗とお似合いだと思う。

三十分ほど話したところで、香苗と卓也は外出すると言い出した。

「邪魔者は消えるから、ゆっくり過ごすといい」

卓也からそんなことを言われ、どう受け取っていいやら困った。

どうも卓也は、菜穂と蒼真はすでに付き合っていると思い込んでいるようだ。

言われた蒼真が特に否定しないので、菜穂から否定することもできず、どうにもいたたまれない。

ならば、香苗に真相を伝えてもらおうかと考えるが……話を振る間もないまま、ふたりは出かけて行った。

釈然《しゃくぜん》としない気持ちで香苗と卓也を見送り、改めて玄関から中に入る。

庭の全景を眺められるリビングに通された菜穂は、ソファーを勧められた。菜穂が座っていると、蒼真は紅茶を出してくれる。

なんだかお客様然としているのが落ち着かず、手伝いを申し出たいところだが、ここは人様の家だ。おとなしくしているべきかもしれない。

「映画、観ますか？」

「ああ、ホームシアターがあるんでしたね」

「ええ。ただ、あなたの趣味に合うものはないかもしれません」

「なんでもいいですよ。ホームシアターがどんなものか見てみたいです」

なにかしらあった方が、ふたりきりなのを意識せずに済む。

「菜穂さん、クッキーはお好きですか？」

「あっ、はい」

「母の手作りなんですが……実は、あなたに渡してくれと預かっていて……」

「わたしに？　蒼真さんのお母様、わたしが蒼真さんと会っていることを、ご存じなんですか？」

驚いた。蒼真さんは疑似恋愛のこと、内緒にしているものとばかり。

「撮影のためにあなたと会っていると話してあるので。もちろん、あくまでビジネスという姿勢で話していますから、安心してください」

あくまでビジネスという言葉に、なんだかしょんぼりしてしまう。

すると、蒼真が少し慌てたように言葉を続けた。

「ですが、あなたのことはいい友人だと思っています。ビジネスというのはあくまで、母を誤解させないための方便ですから」

フォローされているのか、牽制《けんせい》されているのか……菜穂の胸には、なんとも複雑な思いが湧く。

紅茶とクッキーをいただいていたら、映画が始まった。蒼真も菜穂の隣に腰かけてくる。

たちまち、すぐ横にある彼の存在を意識して、菜穂はひどく緊張してきた。

「叔父から、叱《しか》られましたよ」

「えっ、叱《しか》られた？　……蒼真さん、何かしたんですか？」

「あなたを傷つけたこと」

「叔父様に話したんですか？」

「ええ。自分の都合であなたを傷つけた罪悪感から……すべて話しました。二度目の撮影の前の夜です。すぐに謝りに行けと凄い剣幕で叱《しか》られましたよ。……あの時は参りました」

見るからに参った顔で、つい笑ってしまう。

「あっ、ごめんなさい」

笑ったことを、口元を押さえて謝ったら、蒼真は肩を竦《すく》める。

「いや、この話題であなたに笑ってもらえるのは、かえって良かった」

そこで映画の本編が始まった。ゆったりとした音楽が流れる。

菜穂は映像に意識を向けたが、やはり隣にいる蒼真に意識が向いてしまう。ちらりと彼の横顔を見ては、ドキドキしてしまう。

もじもじしていたら、蒼真が「この映画、面白くないですか？」と聞いてきた。

「そっ、そんなことないです」

焦って言ったら、蒼真は菜穂の目を覗《のぞ》き込んでくる。

「え、えーっ……その、わたし」

「なんですか？」

そう言いながら、蒼真は菜穂の手にそっと触れてきた。嫌なら手を引けるようにしてくれている。

「こういうシチュエーションは初めてで……だから緊張してしまって」

「瀬山さんの家にも行ったことはない？」

仁さん？

「もちろんです。そもそも、どこに住んでるか知らないし……」

よくわからないけど、蒼真さん、やけに仁さんにこだわるな。どうしてだろう……

結局、仁さんが気に入らないってことなのかな？

それって、やっぱりわたしの説明が悪かったせいよね。

悪気はなかったんだけど……ちょっと、罪悪感を覚える。

親しいからこその遠慮のなさだったのだが。仁さんのためにも、フォローした方がいいのかな？

「できるものなら、主人公の家……あの建物を実際に建ててみたいな」

映画を観ながら、蒼真はそんなことを言う。どんな時も、建物から意識が離れない蒼真に笑ってしまう。

ほんと、蒼真さんはいまの仕事が好きなのね。

まあ、わたしも見事なデザインを目にすると、ここはどんな技術が使われているんだろうなんて考えてしまうけど。

映画を観終わった後ピザの宅配を頼み、一緒に昼食を取った。

美味《おい》しかったけれど、菜穂は胸がいっぱいであまり食べられなかった。だって、ふたりきりなのをどうにも意識してしまうのだ。

蒼真さんの自宅で、ふたりきりになったのは失敗だったかも。

疑似恋愛で、恋人らしい雰囲気を味わうことには成功しているけど、むしろ成功しすぎてる。

わたしはもう充分かも……これ以上疑似恋愛なんてしなくてもいいくらい、蒼真さんにドキドキしてしまってる。

ピザを食べ終え、また別の映画を観ることになったのだが、これが菜穂の趣味からは程遠い代物で、お世辞にも面白いとは言えなかった。

文学的なストーリーというのか……だが、その物語の舞台になっている街並みはとてもきれいだった。蒼真は登場人物にもストーリーにも構わず、登場する建物を隅々まで興味深く見ている。

菜穂は、いつの間にか映画ではなく、蒼真の横顔ばかり見つめていた。

撮影が終わったら、もう彼とこんな風に過ごすこともないのかもしれない。

そう思うと胸が疼《うず》いて仕方がなかった。

それでも、一方通行の思いをこれ以上膨《ふく》らませるべきじゃないとわかっている。

シクシクする胸を抱えながら悶々《もんもん》と考えていた菜穂は、いつの間にやら寝入ってしまっていた。

「ん……」

瞼《まぶた》を半分くらい開けた菜穂は、ぼんやりした頭で視界に入るものを見つめた。

えっと……わたし……？

二度、三度と瞬《まばた》きし、菜穂は自分の身体が傾いていることに気づく。眉をひそめて、首をもたげたら、触れそうなほど近くに蒼真の顔があった。

危うく心臓が止まりそうになる。

「お目覚めですか？」

耳元で囁《ささや》かれ、菜穂の身体が固まった。だがそれとは裏腹に、蒼真の声の響きに反応して身体がゾクゾクッと震えてしまう。そんな自分にテンパって、菜穂は慌てて彼から身を離した。

「おっと、大丈夫ですか？」

「え、えっと……は、はいっ」

わたし、どうしてたんだっけ……

ああ、そうだ。一緒に映画を観てて……それで……

「あの、映画は？」

「二十分ほど前に終わりましたよ」

「そ、そうでしたか……すみません。途中で寝ちゃったみたいで」

しかも、彼にしっかりと凭《もた》れかかっていたとは。

少し凭《もた》れる程度のものじゃなかった。それこそ、彼の大きな胸に抱かれていた気がする。

その様子を想像してしまい、頬が燃えるように熱くなった。

「顔が真っ赤だ」

蒼真は、わかりきっている指摘をし、菜穂の心をいたずらに揺さぶってくる。

おまけに彼は、真っ赤になった菜穂の顔をつぶさに見つめてくるのだ。蒼真の視線がどうにもくすぐったくて仕方ない。

「そっ、そんな指摘はいりませんから」

恥ずかしさから文句を言ったものの、身体にはまだ彼の温もりが残っている。まるで、抱き締められていたような錯覚に背中がぞわぞわした。

なのに蒼真は、いつもとまったく変わった様子はない。

ふたりの気持ちに大きな差があることを、菜穂は強烈に自覚した。

これ以上、蒼真さんを好きになっちゃいけない。

たとえ、限りなく気持ちが傾いていたとしても……

この人に恋をしたって辛いだけだ。

やっぱり、いくら疑似恋愛といっても、近づきすぎてはいけなかったんだ。

自分の気持ちを考えると、これ以上疑似恋愛のためのデートは続けない方がいい……

そう思うのに、やめられる自信がなかった。

せっかく蒼真に会える機会を、自分からみすみす捨てるなんてできそうにない。

そんな矛盾した気持ちに、菜穂は途方に暮れるのだった。

4　モテ期到来

ウエストにくっついているピンクのリボンを見つめ、菜穂は重いため息をついた。

ついに撮影の日がやってきてしまった。

今日の撮影場所は前回と違う結婚式場。だが、菜穂の恰好は前回と同じピンク色のワンピースだ。

たったいま、菜穂の準備が整い、スタッフが香苗を呼びに行った。

今日の撮影は絶対に失敗できない。

そう思うと、緊張でどうにかなりそうだった。

菜穂は緊張をほぐそうと椅子から立ち上がり、窓から外を眺めた。そこから見える木々の向こうに大きな川が流れている。

全国展開している結婚式場だが、それぞれ建物のデザインは違うのだそうだ。

わたしはここが好きだな。お城みたいなデザインなんだもの。建物の周りが木々で覆《おお》われているのも雰囲気があっていい。全国にある式場の中でも、人気の場所だというのも頷ける。

蒼真さんは、もう着替えを終えたかな……いまどこにいるんだろう？

結局、あれからも疑似恋愛は続いている。

蒼真の家で映画を観た後、二度ランチをした。彼は仕事が忙しくて、夜は時間が取れないらしい。

だけど、今日もここまでは蒼真が車で連れて来てくれた。以前と同じように家の近くの公園まで、朝迎えに来てくれて……

蒼真に対しては、会いたいのに会いたくないというなんとも矛盾した気持ちが、日増しに強くなっている。これが世に言う、恋の病なのだろうか……

だとしたら、恋ってなんて面倒なんだろう!!

こんなものだとわかっていたら、あの時、神様にお願いなんてしなかったのに……

神様がこんなに意地悪だとは思わなかったな。

「うらめし〜」

思わずそう呟《つぶや》いたら、ドアの側の人影に気づいてぎょっとした。

パッと視線を向けた菜穂は、蒼真と目を合わせ、一瞬にして頭が沸騰する。

「な、な、な」

「うらめしい？」

ドアの側に立つ蒼真が、首を傾《かし》げながら菜穂の言葉を繰り返す。

「な、な、な、なんでもないんですっ！」

慌てて叫んだ菜穂は、くるりと背を向け頭を抱えた。

なんてところを見せてしまったんだ！　恥ずかしいっ!!

「そろそろ撮影をはじめるそうですよ。笹部さんに言われて、あなたを迎えに来たんですが」

な、なんで蒼真さんを寄越すのよ。わたしはてっきり、伯母さんが来るものだとばかり……

なんて文句を言ってもしょうがない。

「そ、そうですか。ありがとうございます」

とりあえず、先ほどの独り言はスルーすることにしよう。

蒼真に歩み寄った菜穂は、「今日はよろしくお願いします」と頭を下げた。

なにせ今日は、二週間続けた疑似恋愛の成果を見せなくてはならない。

「こちらこそよろしく。ところでいまの、うら……」

「いよいよ、疑似恋愛の集大成ですね！」

会話を戻されそうになるのを慌てて阻止し、菜穂は撮影場所に向かって歩き出した。

「君は時々、かなり愉快だな」

後ろからついてくる蒼真が笑って言う。その余裕の態度が、どうにも切なかった。

わたしは初めての感情を持て余し、彼の言動にいちいち動揺してしまっているというのに。

食欲も落ちてしまって、二週間前にはぴったりだったワンピースが、かなりゆったりになったように感じる。

恋煩《こいわずら》いでダイエットか。あんまり嬉しくないな……

「菜穂さん」

考え事をしながら歩いていたら、蒼真に肩を掴《つか》まれる。突然のことにドキリとし、思わず菜穂は足を止めた。

「な、なんですか？」

「緊張しているのかな？」

「ま、まあ……それなりに」

そう答えると、蒼真は菜穂の正面に立ち、おもむろに両手で彼女の手を包み込んだ。

驚きと同時に胸が高鳴る。

「私が側についているから……いつものあなたでいればいいんですよ」

その言葉に胸がいっぱいになった。菜穂の手を包む温かく大きな手に甘酸っぱい思いが膨《ふく》らむ。

「はい。ありがとうございます」

私がついている……か。けど、それは撮影の間だけなのよね……ずっとじゃない。

ぐっと切なさが突き上げてきて、泣きたい気持ちになる。

「ダメか」

困ったように蒼真が言い、俯《うつむ》いていた菜穂は顔を上げた。

「どうしたら、あなたの緊張を取り除いてあげられるのかな？」

自問自答するように蒼真は言う。彼のやさしさに胸が熱くなった。

蒼真さんはわたしのことをこんなにも気にかけてくれる。それなのにそれ以上を望むなんてわがままもいいところだ。

なんとか心に折り合いをつけ、菜穂は小さく息を吐いた。そして、蒼真とまっすぐに向き合う。

「もう大丈夫みたいです。蒼真さんのおかげで緊張が解けたみたい」

菜穂は微笑んで、蒼真の手をゆっくり離そうとした。

けれどその手を、再び蒼真が握り締めてくる。

驚いて蒼真を見ると、彼はハッとしたように手を引いた。

「ああ、すまない」

「えっ……と？」

「君の手がとても冷たいから……離してしまっていいものかと……」

「そ、そうでした？」

そうか、わたしの手が冷たいから、蒼真さんの手を温かく感じたんだ。

「だ、大丈夫です。緊張して冷たくなってたのかも。やっぱり、今日は失敗できないというプレッシャーがありますから」

そう言って、菜穂は自分の手をこすり合わせた。すると蒼真は両手を菜穂の肩に置く。

「それは考えなくていい」

彼は自分の温もりを分け与えるみたいに菜穂の肩を撫でてくれる。

ほっとするような、よけいに緊張するような気持ちを味わっていたら、彼の手が急に離れた。

「笹部さん」

蒼真がぽつりと口にし、菜穂は慌てて後ろを振り返る。

通路の先に香苗が立っていた。

「お邪魔したくなかったんだけど、そろそろ撮影をはじめるわよ」

「すみません。迎えに行くように言われておきながら」

「いいのいいの。さあ、早く来てちょうだい」

ふたりは香苗の方に駆けて行った。

今日の撮影は外からはじめるらしい。

すでに撮影の準備は整っており、菜穂と蒼真が指定されたポジションに立つと、すぐに撮影は開始された。

カメラを構える仁からもっと寄り添ってと指示され、ぴったり肩を寄り添わせた。なんとなく蒼真を見上げると、彼も菜穂を見つめてきた。そのまま自然と微笑み合う。

すると、スタッフの間で歓声が上がり、菜穂は驚いて声のする方に目を向けた。

なぜかスタッフは、ふたりを見て拍手している。

「どういうことかな？」

「さ、さあ」

ふたりして戸惑ってしまう。

「おい、歓声が邪魔で集中できないんだけど！」

突然仁がスタッフに怒鳴った。一瞬で、現場が静まり返る。

「仁さん？」

びっくりして仁を見ると、彼は気まずそうに顔を歪《ゆが》めた。

「瀬山君」

香苗が仁の名を呼ぶ。仁は香苗の方を向き、表情を改めて、「すみません」と謝った。

再び、撮影をはじめる。

なんだったんだろう？

スタッフの歓声にも驚いたけど、仁さんはどうしちゃったんだろう？

あんな風に声を荒らげる彼なんて初めて見た……

その疑問は解消されぬままだったが、その後の撮影は順調そのものだった。

指示されるポーズは、肩を寄せ合ったり、笑い合ったり、式場の中をふたりで歩いたりと、簡単なものばかりだ。

けど、簡単と思うのは、疑似恋愛をしたからよね。

前回はこんなことすら、まったくできなかったんだもの。

撮影は一時間ほどで終わり、菜穂と蒼真は控室に戻ることになった。

「笹部さん、今日はこれで終わりですか？」

蒼真と菜穂を従えるようにして前を歩く香苗に蒼真が尋ねた。

振り返った香苗は「何言ってるの。これからが本番よ！」と言う。

「本番？」

こ、これは、きっと……

蒼真が眉を寄せる。

菜穂はなんとなくわかってきた。

「控室に入ったらわかるわ」

その言葉にますます期待が膨《ふく》らむ。そんな様子の菜穂を、蒼真は訝《いぶか》しそうに見ながら、自分の控室に入って行った。

菜穂はワクワクしながら香苗とともに控室に入る。

目に飛び込んできたのは真っ白なウエディングドレスだった。

「わあっ！」

ドレスのデザインは、ブライダル雑誌を見た際、蒼真が菜穂に似合うと言ってくれたドレスによく似ている。

「どう？　気に入った？」

楽しそうに聞いてくる香苗に、菜穂は満面の笑みで頷いた。


なんというか……不思議な気分。わたしはいま、花嫁さんになっているのよね。

気持ちが高揚し、自然と背筋がピンと伸びる。

ウエディングドレスに着替えた菜穂は、髪型と化粧をドレスに合わせて手直しされ、鏡の前に立っている。

長い髪は複雑に編み込まれ、頭のてっぺんに大きな花の髪飾りがついていた。

「きれいよ、菜穂ちゃん」

香苗は、まるでこれから本当に菜穂がお嫁に行くかのように、感激した声を出す。

「もう、社長。これは仕事ですよ！」

「固いこと言わないでよ、菜穂ちゃん。……やっぱりいいわねぇ、ウエディングドレス」

「なら、伯母さんも結婚すればいいのに」

「……まあ、そうね。考えておくわ」

意外な返事に、菜穂は目を丸くした。

「伯母さん、ほんとに？」

「社長よ」

「……伯母さんから言い出したくせに」

「ふふっ。ほんとにきれいよ。この姿を見たら、きっと蒼真さん惚れ直すわね」

楽しそうに言う香苗の言葉に、菜穂は苦く笑った。

「何か誤解があるようだけど……蒼真さんにそういう気持ちはないから」

そう言ったら、香苗が意味ありげに見つめてくる。

「な、なんですか？」

「蒼真さんにそういう気持ちはない……それはつまり、自分にはある。と言っているように聞こえたわ」

その指摘に、菜穂はぐっと詰まった。

「もう、バレバレよ、菜穂ちゃん」

「ちっ、違います！　いまのは言い方を間違えただけで……」

「あら、そう？　……けど、蒼真さんにそういう気持ちがないなんてことはないんじゃないかしら」

香苗はやさしく微笑みながら言う。

菜穂は香苗から顔を背けた。そのまま口を開く。

「撮影が終われば、彼との関係も終わりです。疑似恋愛のためのデートも、もう必要なくなるんですから……」

顔を背けたまま言った菜穂に、香苗は何も言ってくれない。

沈黙が落ち着かなくて、菜穂は香苗の方に顔を戻した。

こちらを見つめて思案するような面持ちだった香苗は、急に社長の顔に戻る。

「さあ、撮影よ」

きびきび言われ、菜穂は慌てて気を引き締めた。

「は、はい」

香苗とともに控室を出る。ウエディングドレスを着ているので、自然と歩調がゆっくりとしたものになる。先ほどまで感じていたウキウキした気持ちは消え失せてしまった。しあわせな花嫁からは程遠い心境かもしれない。

伯母さんは、わたしが蒼真さんのことを好きだと思ってる。そんなことないのに……

蒼真さんに感じているのは好意であって、決して恋愛感情なんかじゃないもの！

菜穂は強く自分に言い聞かせつつ、香苗の促《うなが》す方へ向かう。

どうやら、チャペルに向かっているようだ。

チャペルの入り口に着くと、なぜかスーツやドレスを着た人が複数いて、菜穂はびっくりした。

香苗に聞くと、彼らはスタッフだと教えてくれる。これからの撮影で、新郎新婦の友人知人という役割をするらしい。

チャペルの中には牧師までいて、まるでこれから本当に挙式が執《と》り行《おこな》われるようだ。

だが、もちろん中には撮影隊が勢ぞろいしている。

そんな中、菜穂の視線はただ一人に釘付けになった。

タキシード姿の新郎――蒼真だ。

こちらに背中を向けていた彼が、菜穂を振り返ってくる。

ふたりの目が合った。

ウエディングドレスの菜穂を目にした蒼真は、何も言わない。

菜穂もまた、言葉もなく彼を見つめた。

ドキドキといまにも破裂しそうなくらい、心臓の鼓動が速まる。

「さあ、新郎のところまで歩いて」

香苗に背を押され、菜穂はぎこちなく足を進めた。なんだか地面から足が浮いているように感じて、足元がおぼつかない。

すると、蒼真が歩み寄ってきて菜穂に手を差し出してくれた。

菜穂は考えるより先にその手を取る。

指先が蒼真の手のひらに触れたと思ったら、ぎゅっと強く握られた。

「言葉が出ない」

掠《かす》れた声で蒼真が口にし、菜穂は彼と目を合わせた。

「心臓が破裂しそうだ」

「そ、蒼真さんも？　わたしもです」

心臓がドクドクと脈打つたびに、身体が揺れている気がする。

ただの撮影なのに、本当にこれから蒼真と結婚するように錯覚してしまう。

「さあ、おふたりさん、充分感動を味わえたかしら？　そろそろポーズを取ってもらうわよ」

香苗の言葉で、ふわふわした甘い幻想は泡と消える。菜穂は否《いや》が応《おう》もなく、現実に引き戻された。

「じゃあ、挙式の様子を一コマ一コマ撮っていくから」

仁の指示に従い、菜穂たちは牧師の前に並んで立つ。

そうして、チャペル内での撮影が始まった。

牧師の言葉に耳を傾けているシーン、指輪の交換のシーン……。

そこでは実際に指輪が用意されていて、菜穂の緊張が高まる。

ドレスの裾を直してもらい、蒼真と向き合った。

蒼真が指輪を手にして、菜穂に向かって手を差し出してくる。

その瞬間、撮影なのに、本気でドキドキしてしまった。

顔を上げたら、蒼真と目が合う。

彼の瞳には菜穂だけしか映っていない。

まるで、愛しているという囁《ささや》きが聞こえてきそうなほど、熱く見つめられている。

そんなはずない。これは仕事。蒼真さんは、ただ演技をしているだけ……

そう強く自分に言い聞かせても、愛されている錯覚に陥《おちい》りそうになる。

わたし、もうダメかも……

蒼真さんが好きだ。気持ちを誤魔《ごま》化《か》すことができないくらいこの人を愛してしまってる。

そう自分の気持ちを認めた瞬間、涙が零《こぼ》れ落ちた。

「あ……」

菜穂はその事実に気づき、目を見開いた。

これは撮影で、仁がカメラのレンズを向けている。いまこの瞬間も――

なのに、本気で涙を零《こぼ》すなんて……

菜穂が青くなって身を強張《こわば》らせると、蒼真の手が肩に触れた。

アッと思った時には、彼の唇が涙で濡れた菜穂の頬に触れる。

「え？」

思わず驚いた声を上げた菜穂に、蒼真がハッとしたように身を離した。

ふたりは見つめ合ったまま固まってしまう。

「いまの、凄くよかったわ」

香苗の声がチャペル内に響き渡り、菜穂はドキリとして蒼真から身を離した。

いまの、なに？

蒼真さんの唇が……わたしの頬に触れて……

これも演技なの？

そっ、そうよ。わたしが泣いてしまったから、咄嗟《とっさ》にフォローしてくれたんだわ。

深い意味なんてないんだ。

なら、何事もなかったように撮影を続けなくちゃ。

雰囲気に呑まれて泣いたことにすればいい。

わたしが蒼真さんを好きなことを、彼に知られるわけにはいかないんだもの。

もし、知られてしまったら――

また彼に拒絶されるかもしれない。そうしたら、もう側にもいられない！

苦しくて滲《にじ》みそうになる涙を、菜穂は必死になって堪《こら》えた。


ようやく撮影が終わり、菜穂はひどく疲れを覚えて控室に戻った。

担当のスタッフが一緒に来て、着替えを手伝ってくれる。

スタッフはウエディングドレスを抱えてすぐに部屋を出て行った。

部屋にひとりになり、菜穂は無表情で化粧を落としていく。

あれから、気持ちを立て直し撮影は滞《とどこお》りなく進んだ。

指輪の交換シーンや、挙式後の新郎新婦がライスシャワーを浴びるシーンを、様々な角度で何度も撮った。

凄くしあわせで、夢みたいな時間だったな。

そう。ほんとに夢だ……絶対、現実にはならない。

蒼真さん、撮影が終わった瞬間、嬉しそうだったな。それはもう晴れ晴れとした顔で笑いかけてきて……

これで、疑似恋愛は終わりだろう。

撮影は大成功だったもの。

今後の撮影予定はまだ聞いていないけど、たぶん、後はコマーシャルの動画撮影だけ。

蒼真さんといられる時間はもうそんなにない。

……わたしはそれを喜ぶべきなのかもしれない。必死に気持ちを抑えてきたけれど、結局蒼真さんを好きになってしまった。けどその気持ちは、決して叶うことはないのだから。

なら、早々に諦めてしまった方がいい……

また涙が込み上げてきそうになり、菜穂はそんな自分が嫌になった。

めそめそしてたら、いつまで経っても家に帰れない。

そこで、ハッと思い出す。

そ、そうだった。わたし蒼真さんの車でここまで来たんだ。どうしよう、伯母さんに頼んで送ってもらおうかな……

その時、控室のドアがノックされる。

もしかして、蒼真が迎えに来たのだろうかと思ったが、ドアの外にいたのは仁だった。

「仁さん、どうしたんですか？」

「いや……」

珍しく、仁が言いよどむ。

そういえば、撮影の時も少し様子が変だったような。

「本当に、どうしたんですか？」

「あのさ……この間、撮影のために上月とデートしてるって言ってたろ？　あれ、まだ続けるのか」

「え？」

ちょうど考えていたことを仁に問われて、咄嗟《とっさ》に反応できない。

そんな菜穂を見た仁が眉を寄せ、思い切ったように言う。

「菜穂、君と上月は付き合ってるのか？」

いつになく真剣な顔で聞かれて、菜穂は戸惑った。

「……いえ、付き合ってませんけど……」

躊躇《ためら》いながらも正直に言ったら、仁はほっとしたようだ。

「そうか。よかった」

「よかった？」

「……なんか、その、いまさらなんだけど……俺、菜穂が好きみたいだ」

はい？

突然のことに、菜穂はぽかんとした。

「俺ですら見たことない、あんな顔を……他の男に向けるなよ……」

ちょ、ちょっと……い、いきなり何を言い出して……？

面食らっていると、仁は菜穂の頬に手を伸ばしてきた。

驚いた菜穂は、慌てて仁から身を引く。

「え、えーっと」

これはいったいどういうことなの？　あんな顔を他の男に向けるなとか……？

あんな顔ってどんな顔？

仁の言動にまったく頭がついていけない。

「菜穂。俺と付き合わないか？」

その言葉の意味を理解するのに時間がかかった。

ようやく理解できた瞬間、菜穂は「ええーっ!!」と大声を上げてしまう。

「おい菜穂、そんなに驚くことない……」

仁の言葉に重なるように、部屋のドアが勢いよく叩かれた。

「菜穂さん、どうしましたっ!!」

ドアを叩きながら、蒼真が声をかけてくる。

「よりによって、なんで上月が……」

仁は渋面《しぶづら》でドアを睨《にら》む。菜穂は焦ってドアを開けた。

「菜穂さん、大丈夫ですか？」

「大丈夫です。ごめんなさい、なんでもないんです」

驚かせたことを申し訳なく思いながら言ったが、蒼真は仁を見ている。

「瀬山さん」

蒼真は仁に睨《にら》むような眼差しを向ける。

「いま、菜穂と話をしている途中なんだ。悪いけど、出ていってもらえるか？」

「お断りします」

仁にぴしゃりと言い返し、蒼真は部屋の中に入ってきた。仁は眉を寄せたが、蒼真をかわして菜穂の方にやって来る。

「菜穂、場所を移動しよう」

え、でも……

仁さんがわたしを好きだなんて、にわかには信じられない。けど、もし本気だとしたら、ちゃんと断らないと……

「ごめんなさい、仁さん。わたし、仁さんの気持ちには応《こた》えられない」

菜穂は仁と目を合わせ、はっきりと伝えた。

「菜穂……君はいま、誰とも付き合っていないんだろう？」

「え、ええ」

「なら、即答せずに、しばらく考えてみてくれないか。俺……これまで軽いノリで他の子たちと付き合ってきたけど……この気持ちは本物だって自信持って言える」

菜穂は目を見張った。仁さん、本当に本気で言ってるんだ。

もちろん、だからといって仁と付き合うことはできない。

だって、わたしの好きなのは……

菜穂は思わず蒼真に視線を向けた。彼と目が合い、焦ってしまった菜穂は慌てて目を伏せる。直後、蒼真が菜穂の腕を取り自分の方に引き寄せた。

驚いて蒼真を見ると、彼はまっすぐに仁を見つめて口を開く。

「瀬山さん、私と菜穂さんは確かにまだ正式に付き合ってはいない。だが、付き合っているも同然なんですよ。あなたが割り込む隙間などない！」

蒼真は堂々と言い放った。

ええっ！　そ、蒼真さん？

一瞬、面食らい、すぐに喜びが湧き上がってきたが……

ちょ、ちょっと待って……早まるなわたし！

菜穂は、浮かれそうになる自分を慌てて抑え込んだ。

これはきっと、困っているわたしを助けようとしてくれてるんだ。

「付き合っているも同然だ？」

蒼真に言い返した仁が、菜穂のもう片方の腕を取った。

「じ、仁さん？」

「瀬山さん、何をするんです？」

不機嫌に蒼真は仁に怒鳴る。

「何をって、それはこっちの台詞《セリフ》だ！」

仁も負けじと怒鳴り返す。

おかしな状況に、困惑するばかりだが……ここは助けの手を差し延べてくれた蒼真に頼らせてもらうのが、一番だろう。

菜穂は仁に向けて口を開いた。

「ごめんなさい、仁さん。わたしは蒼真さんが好きなんです。だから、仁さんとは付き合えません」

この場を収める方便で口にした言葉だが、事実であるだけに燃えるほど顔が熱くなった。

すると、仁が菜穂の腕を離した。

「やっぱりか」

ため息まじりに仁が言う。

「さっき、写真撮りながら……そうじゃないかと思ってた。……それで自分の思いに気づかされて焦って……」

仁は、戸惑っている菜穂を見て苦笑する。

「俺、ほんとバカだな」

仁はため息をついてガシガシと頭を掻いた。そして「菜穂」と呼びかけてくる。菜穂は無言で仁と目を合わせた。

「調子に乗ったバツだな。一番近くにいて、それが当たり前で……その大切さに気づかず、遊び回ってたんだから」

「仁さん……」

「でも、俺、諦めないからな」

「えっ？」

仁は笑って蒼真を指さした。

「こいつと別れたら、俺と」

「別れませんよ！」

すかさず蒼真がぴしゃりと言う。

仁は、そんな蒼真に向かってニヤリと笑う。

「いまはそうでも、男女の仲なんてどうなるかわからないからな。俺はじっくり待たせてもらうよ」

「嫌な人だな」

むっとする蒼真に、仁は「嫌な人で結構だ」とぴしゃりと返す。

ハラハラとふたりの様子を見ていたら、蒼真は急に掴《つか》んでいる菜穂の腕を引き、自分の胸に抱きかかえた。

蒼真の腕の中にすっぽりと収まってしまい、顔が赤らむ。

「そっ、蒼真さん？」

菜穂は驚いて背後の蒼真を振り返る。

蒼真はじっと仁を睨《にら》みつけていた。また先ほどと同じ状況になり、菜穂はどうしていいかわからず途方に暮れてしまう。

だが、仁が先に視線を外した。

「今日のところは、消えるとするわ」

そう言って、ひらりと手を振り仁は部屋から出て行った。

ぱたんとドアが閉まり、菜穂は遠ざかっていく仁の靴音を複雑な思いで聞いていた。

「菜穂さん」

蒼真に呼びかけられ、菜穂は「はい」と返事する。そこで、いま自分が蒼真に抱き締められていることを思い出した。

「あ……」

ピクンと身体を強張《こわば》らせたら、蒼真は自然な感じで菜穂から離れた。彼はそのまま、菜穂と向かい合うように立つ。

「あれで、よかったんですよね？」

確認するみたいに聞かれて、菜穂は戸惑いながら頷いた。

「は、はい。あの、ありがとうございました」

菜穂は、助けてもらった礼を言う。

「……いえ」

「突然だったので、ほんとびっくりしてしまって……」

「私は気づいていましたよ」

「え？　そ、そうなんですか？」

「……瀬山さんのことはもういいでしょう。それより、先ほど笹部さんから聞いたのですが、撮影はこれで終わりだそうですよ」

えっ……

急な話題転換に戸惑ったがほっともしていた。

さっきのわたしの告白については、仁さんの告白を断る方便と思ってくれたみたいだ。

実際そのつもりで口にしたんだけど……本当は本心なわけで……

とにかく気まずい雰囲気にならなくてよかった。

だが、胸を撫で下ろした途端、撮影はこれで終わりと言われたことに気落ちする。

「後はCM撮りが、二回予定されてるそうです」

蒼真は気が重そうに口にする。

「いまからでも辞退したそうですね？」

「ええ。できることなら。だが、引き受けたからには最後までやり遂げるしかありませんからね」

諦めのまじった蒼真の言動に、切ない気持ちが湧き上がる。

わたしは、CM撮りまでしか蒼真さんと一緒にいられないと思って、がっかりしているのに……

「ＣＭ撮りは、ひと月後の予定だそうですよ」

「蒼真さんには、色々教えてくれるんですね。社長は、どんなに聞いてもわたしには詳細を教えてくれないんです」

「何か考えがおありなんでしょう」

そうなのかな？　わたしには、よくわからないけど……

「とにかく、ＣＭ撮りまで一ケ月……デートを続けて、今日よりもっといいシーンを演出できるようにしましょう」

えっ、デート？　ＣＭ撮りまで疑似恋愛を続けるの？

「反対ですか？」

「い、いいえ。ただ、目標としていた今日の撮影は上手《うま》くいったから、疑似恋愛はもう終わりなのかなって思って……」

「疑似恋愛は終わりですよ」

やわらかな声で蒼真が言う。菜穂は思わず彼の目を見つめた。

「終わり？」

「ええ。そんなものはもう必要ない」

必要ない？　それってどういうこと？

戸惑っていると、蒼真がゆっくりと顔を近づけてきた。

菜穂は驚いてその場で固まってしまう。

次の瞬間、蒼真の唇が菜穂の唇に触れた。心臓がドクンと大きく跳ねる。

菜穂にキスをした蒼真は、彼女を見つめてやさしく微笑んだ。

「こういうことも、これからは自然にできる」

トクトクトクと鼓動が速まっていく。

見つめる蒼真の瞳から、彼の思いが伝わってくる。

うそ……ほんとに、蒼真さんもわたしと同じ気持ちなの？

じわじわと身体中が喜びで満たされていく。

どうしようもなく胸が甘く震える。菜穂は大きく息を吸い込んで、この特別な感覚を味わった。

蒼真さんも、わたしと同じ思いでいてくれる。理屈ではなく、そうわかる。

「疑似恋愛の成果と思っておきましょう」

冗談まじりに蒼真が言い、菜穂は頬を染めて頷いた。

蒼真さん、凄く照れてるみたい。

この思いは、絶対に叶わないと思っていた。でも……

わたしと蒼真さん、これから本当の恋愛をはじめられるんだ！

菜穂は奇跡のようなしあわせを噛み締めたのだった。

※

ああ、夢みたい。

目の前の蒼真を見ながら、菜穂はもう何度繰り返したかわからない言葉を心の中で呟《つぶや》く。

撮影が終わったら彼との疑似恋愛も終わりだと思っていた。なのに、こうしてまた一緒にランチができるなんて本当に夢みたい。しかもこれは、疑似じゃないのだ。

あの撮影から一週間が過ぎて、今日は月曜日。

その間に蒼真とランチをしたのは、今日を入れて二回だ。本当はもっと一緒にいたいけど、一気に仕事が忙しくなった蒼真は、なかなか時間が取れないらしい。

仕事なのだから仕方がないよね。

気持ちが通じ合ったいまは、会えるだけで充分だと思えてしまう。

蒼真さん、会うとさりげなく手に触れたり髪に触れてきたりするのよね。そのたびに、もうドキドキしちゃってしょうがない。

恋愛初心者の菜穂は、蒼真といると動揺させられてばかりだ。

その時、蒼真が重いため息をついた。菜穂は首を傾《かし》げる。

今日の蒼真さん、ずっとこんな風だ。

どうしたのか聞いても、きっとなんでもないと答えるだけだろうけど……

もし何かあるなら話してほしい。

「何か心配事ですか？」

やはり黙っていられず、菜穂は控えめに問いかけた。

「ああ、すみません」

蒼真は苦笑するばかり。

「わたしには話せないことですか？」

「いや……まあ、仕事にわがままは言えないのでね。やるしかないので頑張りますよ」

詳細を教えてもらえず残念だったが、仕事のことなら話せないのも仕方ない。

「頑張ってください。わたし精一杯応援してますから」

「うん、ありがとう」

にっこり笑ってお礼を言われ、菜穂はほっとした。

「そうだ。今週末の、日曜日は時間が取れそうなんですよ」

「本当ですか？」

思わず身を乗り出してしまい、菜穂は頬を赤らめた。けど、蒼真はそんな菜穂を見て嬉しそうだ。

「気分転換もかねて……少し遠出しませんか？　菜穂さん、どこか行きたいところとかありますか？」

「それじゃあ、気分転換によさそうな場所を、探しておきます」

「ええ、お願いします。菜穂さんの方は、最近、仕事はどうですか？」

自分の仕事についても興味を持って聞いてもらえ、嬉しくなる。

菜穂はランチの間、舞い上がっておしゃべりした。蒼真は最後まで楽しそうに話を聞いてくれる。

そんなたわいない時間が、かけがえのないもののように感じた。

しあわせすぎて怖いくらいだった。


うーん、どこにしよう?

翌日、昼食のサンドイッチを頬張りながら、菜穂はパソコンの画面を睨《にら》む。

なかなか蒼真と出かける場所が決められない。

建築物が好きな人だから、蒼真さんが興味を持つような建物のあるところと思ってるんだけど……ピンとくるものが見つからないのよね。

困ったなぁ。どこかいいところないかな?

「伊沢さん、社長がお呼びよ」

昼休みから戻ってきたスタッフに声をかけられる。

「あっ、はい。ありがとうございます」

仕事中に伯母さんから呼び出されるなんて、久しぶりだ。

ああ! もしかして、ついにCM撮りの内容を教えてもらえるのかな。もう撮影まで半月だものね。

菜穂は食べかけのサンドイッチを急いで口に入れ、ウーロン茶で流し込んだ。

こんな姿、蒼真さんには見せられないな。菜穂は苦笑しつつ、社長室へ向かった。

「どうぞ、腰かけて」

社長室に入ると、香苗に椅子を勧められる。菜穂はそわそわしながら腰を下ろした。

「昼休み中に悪いわね」

「いいえ。もしかして、ＣＭ撮りについてですか？」

「違うわ。それに、ＣＭ撮りの詳細は花嫁役のあなたには秘密よ」

「どうしてですか？」

「感激が薄れるから。それより、蒼真さんとはその後どうなの？」

「えっ？」

思いがけないことを聞かれて驚く。

「疑似恋愛は続けているの？」

菜穂は少し躊躇《ためら》った後、首を横に振った。

「あら、嘘でしょ！　会ってないの？　てっきり続けているものだとばかり……この間の撮影で、蒼真さんとあなた、ずいぶんいい雰囲気だったから」

「それが、その……実はお付き合いすることになったの」

「それほんとなの？」

香苗が驚いたように身を乗り出す。

「うん。ただ、蒼真さん、いま凄く忙しいみたいで……あんまり会えていないんだけど」

「まあ、まあ、まあ、驚いたわ！　でもそうなのね」

香苗は、それはもう嬉しそうに微笑んだ。

「絶対こうなると思ったのよ。見合いは失敗に終わったけど……きっとあの失敗も、こうなるために必要だったのね」

伯母さんときたら、したり顔で言うんだから。思わず笑ってしまいそうになる。

でも、見合いか……

蒼真さんは最初、見合いの件をなしにするためにモデルを引き受け、さらには疑似恋愛まで付き合ってくれたのよね。

それがいま、見合い相手だったわたしと付き合うことになってるなんて。

ほんと、人生何が起きるかわからない。

でも……蒼真さんと出会えたのは、伯母さんが蒼真さんとの見合いを強引にセッティングしてくれたおかげだ。感謝の思いが強く込み上げ、菜穂は香苗に向けて表情を改めた。

「伯母さん、蒼真さんと出会わせてくれて、本当にありがとう」

思いを込め、菜穂は深く頭を下げた。

「ふふ。ほんとよかったわ。けど……付き合ってるのなら、あなたもう知ってるのね？」

そんな風に言われて面食らう。付き合っているのならって……それって蒼真さんのことでしかない。

「知ってるって……何を？　蒼真さんがどうかしたの？」

「あら、知らないの？」

戸惑う香苗を見て嫌な予感に襲われ、菜穂は勢いよく立ち上がると、伯母に駆け寄った。

「いったいなんなの？　蒼真さんがどうしたっていうの？　早く教えて！」

「菜穂ちゃん、落ち着きなさい。そんな大事《おおごと》じゃないわ。蒼真さん、過労で倒れたらしいのよ」

「かっ、過労……ええっ！」

動転し、その場であたふたしていたら、また香苗に「落ち着きなさい」と諭された。

「だ、だってぇ……にゅ、入院してるの？」

「入院もしてないわよ。とにかく座りなさい。ちゃんと説明してあげるから」

呆れたように言われ、まだ動揺は収まっていなかったが、菜穂は椅子に腰かけた。

「それで？」

「卓也さんの話だと、昨日の朝から具合が悪そうだったみたいなの。だけど、忙しいからって無理やり出勤したら、さらに具合が悪くなったようよ。観念して病院で点滴を打ってもらったらしいわ。過労から風邪を悪化させたんですって。で、さすがに今日は仕事を休んで家でおとなしくしてるみたいよ」

「わ、わたし、蒼真さんから何も聞いてない」

菜穂はしょんぼりして言った。

確かに昨夜は電話がなかった。だが、毎日必ず電話がかかってくるわけではない。

だから、特別気にしてなかったんだけど……

「あなたに心配かけたくなかったんでしょう」

「そうなんだろうけど……教えてほしかった」

「仕事が終わったらお見舞いに行ったら？」

「そうする。伯母さん、教えてくれてありがとう」

香苗の部屋を後にし、菜穂は自分のデスクに戻った。だが、蒼真のことが気になって、なかなか仕事が手につかない。

ようやく今日の分の仕事が終わり、菜穂は急いで蒼真の家に向かった。

家に到着し玄関の前まで行ったが、呼び鈴を押すのを躊躇《ためら》ってしまう。

ガレージに叔父さんの車がないってことは、いま家には蒼真さんがひとりということだ。

どうしよう……

具合が悪くて寝てるのに、呼び鈴を鳴らしたらベッドから出てこなきゃならないんだわ。

困ったな。心配だから一目でも顔を見たいけど……

呼び鈴は鳴らせず、かといって帰ることもできず、菜穂はその場に三十分近く立ち尽くしていた。

すると家の門の前に車が停まった。ドキリとして振り返る。

ど、どうしよう……こんなところにいたら、不審者と思われるかも。

玄関の暗がりで身を固くしていたら、車から女性が降り立った。その人はそのまま玄関に向かって歩いてくる。

暗くて顔がはっきり見えないが、香苗でないことはわかる。

いまさら隠《かく》れることもできず、菜穂はその場で立ち竦《すく》んだ。

すると、菜穂に気づいた女性が「きゃっ」と叫ぶ。ひどく驚かせてしまったらしい。

菜穂は慌てて、「すみません」と謝った。

「あらっ？　もしかして、菜穂さん？」

その声……？

「あっ、蒼真さんのお母様」

「蒼真のお見舞いに来てくれたのね？」

「は、はい」

「まあ、ありがとう」

そう言って蒼真の母——瑛子は菜穂の腕に触れた。そして「菜穂さんっ」と叫ぶ。

それに驚き、菜穂は「は、はいっ！」と叫び返してしまう。

「いったい、いつからここにいたの？　すっかり身体が冷えているじゃないの」

「あ……そ、そんなに、前じゃないです。ほんとにちょっと前に来たところで」

「ちょっと前なら、こんなに冷えたりしないわ。まさか、呼び鈴を鳴らしても出てこないの？　でも、家を出てくる前に電話したら、起きてリビングにいるって」

そう言って瑛子はリビングの方に視線を向けた。確かに、リビングには明かりがついている。

よかった。蒼真さん、もう起きても大丈夫なんだ……

ほっとしたその時、玄関のドアが開いた。

「母さん？」

なんと、玄関のドアから蒼真が顔を出してきた。

「ええ。蒼真、菜穂さんがいらしてるわよ」

「えっ？」

驚いた蒼真が焦ったように玄関から出てきた。

こんな風に顔を合わせてしまい、なんとも恥ずかしい。

「こ、こんばんは」

「えっ、ふたり一緒に来たの？」

「違うわ。どうやら菜穂さん、あなたが寝てると思って呼び鈴を鳴らせなかったみたいね。すっかり身体が冷えちゃって」

「菜穂さん、そうなのか？」

蒼真は菜穂に駆け寄ってきたが、恥ずかしくて彼の顔をまともに見られない。

「それじゃ、これ」

瑛子は、手にしていたものを蒼真に渡し、くるりと背を向けた。

「邪魔者は消えるわね。菜穂さん、ごゆっくり」

そう言って、にっこり微笑まれてどうにも焦ってしまう。

「えっ、あの、お母様……」

「もう帰るのか？」

蒼真も、慌てたように声をかける。

「ええ。菜穂さんに看病してもらいなさい」

そうして瑛子は、あっという間に帰って行ってしまった。

呆然と見送ってしまっていた菜穂は、そこでハッとする。

「そ、そうだ。蒼真さん、具合が悪いのに……早く家の中に入って休んでください」

急いで言ったら、蒼真に腕を取られた。そのまま家の中に入るよう促《うなが》される。

「ほんとだ、めちゃくちゃ冷たい」

「す、すみません」

「どうして謝るんです？　と言うか、来たなら、どうして呼び鈴を……いや、それよりとにかく上がって」

蒼真が怒っているようで、菜穂は身を小さくして家に上がった。

リビングまで連れていかれ、そこでぎゅっと抱き締められる。

驚いたが、蒼真の体温を感じて嬉しさの方が大きい。

「蒼真さん、とっても温かいですね……熱いくらい。……あっ、蒼真さん、熱？」

そう言ったら、蒼真は慌てて菜穂を離した。

「すまない。あなたに風邪を移してしまう」

蒼真さんの風邪なら、移してほしいくらいだけど。

「熱があるのに、寝ていなくていいんですか？」

「もうだいぶいいんだ。あまり近づかない方がいいだろうから、あなたはそちら側に座ってください」

蒼真は一人掛けのソファーを菜穂に勧めた。彼は長椅子に座りながら、先ほど母親から受け取った包みをテーブルに置く。

向かい合って座るが、ふたりきりなのを意識してしまってすぐに言葉が出てこない。

何か話をしないと間が持たない……

「あの、わたし……伯母から、蒼真さんが倒れたと聞いて……」

「来てくれて嬉しいです。ただ、あなたに移さないかが心配だ」

「すみません、わたしがいると気が休まらないですよね。元気そうな顔を見て安心できましたし、もう帰ります」

菜穂が立ち上がったら蒼真は慌てて止めてきた。

「せっかく来てくれたのに！　……いや、風邪を引いている私の側に引き止めるというのも……あれなんだが」

嬉しい。蒼真さん、一緒にいたいと思ってくれてるんだ。

「そうだ。菜穂さん、夕食はまだですか？」

「はい。仕事が終わってまっすぐ来たので」

「実は、母がおにぎりを作ってきてくれたんです。よかったら一緒に食べませんか？」

「でも、蒼真さんの分がなくなってしまいますよ」

「叔父の分もあるんです。でも叔父は外で食べてくる可能性が高いから、あなたに食べてもらえると助かる」

どうしようか迷ったが、蒼真と食事ができたら嬉しい。それに彼がちゃんと食べているのを確かめられたら安心して家に戻れる。

「じゃあ、お言葉に甘えて」

おずおずと伝えると、蒼真が微笑んだ。

「ありがとう」

そんなわけで、菜穂はキッチンに入らせてもらい、ふたり分のお茶を用意した。

テーブルの上の包みには、食べやすい大きさのおにぎりが五つずつ入っていた。おにぎりのてっぺんに中の具がちょこっと覗《のぞ》いているのを見て、菜穂は笑みを浮かべた。

「わあ、中身がわかるようにしてあるんですね」

しかも、五つ全部具が違っているし。

早速ふたりしていただいたが、どれも凄く美味《おい》しくて、菜穂はみっつも食べてしまった。温かくやさしい味は、瑛子の人柄を感じさせる。

「どれもとっても美味《おい》しいですね」

「それはよかった。母が喜びます」

「あの……体調は本当にもう大丈夫なんですか？」

「ええ。熱も微熱程度ですよ」

それでもまだ熱があるんだ。

気になった菜穂は立ち上がり、蒼真の額《ひたい》に手のひらを当ててみる。

高くはなさそうだが、やはり少し熱っぽい。

「あなたの手は、冷たくて気持ちがいいな」

蒼真は気持ちよさそうに目を閉じた。そして自分の手で、菜穂の手を包み込むようにする。

菜穂は、蒼真の表情を時を忘れて見つめていた。

どのくらいそうしていただろうか、するりと蒼真の手が滑り落ちる。

「蒼真さん?」

驚いて呼びかけると、彼は静かに寝息を立てていた。

「寝ちゃったの?」

驚いて蒼真を見つめる。彼はソファーに凭《もた》れ、ぐっすりと眠っていた。菜穂はソファーのひじ掛けに置いてあった毛布を手に取り、蒼真の身体にかけた。

本当はソファーより、ベッドに寝てもらった方がいいのよね……

けど、せっかく気持ちよさそうに寝てるのを起こすのは忍びない。

菜穂は蒼真の寝ているソファーに寄り添うようにして座り、彼の手を軽く握り締めた。

彼の発する熱が菜穂の指を熱くする。

「蒼真さん……」

そっと呼びかけ、菜穂は眠っている蒼真の顔を飽きず眺めた。

なんとも言えないしあわせな時が流れる。

こんな風に、ずっと蒼真さんといられたら……

まだ付き合い出したばかりだけど……いつかそんな日が来るといいな。

菜穂は蒼真の胸に軽く頭を寄せる。彼の心音がかすかに伝わってきた。その音を心地よく聞きながら、菜穂は知らぬ間に目を閉じていた。

※

「あ、あの、蒼真さん、昨日はほんとにすみませんでした」

見舞いに行った日の二日後、すっかり元気になった蒼真とランチにやって来たところだ。

あの夜、蒼真に寄り添っていた菜穂は、いつの間にか寝てしまっていたらしい。

目が覚めたら見知らぬベッドに寝ていて、それはもう困惑したのだった。

蒼真の家にいるのだとすぐ気づいたが、その後どうすればいいのやら……

化粧はそのままで、服はよれよれ。もちろん着替えなんてありはしない。ひとりで慌てふためいていたら……部屋に香苗が来てさらにびっくりした。

どうやら蒼真が連絡してくれたらしい。気を利かせた香苗が、服や化粧品を持ってきてくれて本当に助かった。おまけに香苗は朝食まで作ってくれて……

着替えをして、みんなのいるダイニングに行くのはとんでもなく恥ずかしかった。

「謝ることはない。私が無理に引き止めたんですから」

「でも、お、重いのに……ベッドまで運ばせてしまって……」

後で蒼真に聞いたところ、寝ている菜穂を抱えて客間のベッドに連れて行ってくれたのは彼だったらしい。

「確かに、羽のように軽くはなかった。かな」

蒼真は菜穂を笑わそうとしてか、冗談めかして言う。

「当たり前ですよ、もう！」

菜穂が照れ笑いすると、蒼真は話題を変えてきた。

「それで菜穂さん、日曜日のことなのですが……」

「ああ、はい。そろそろ紅葉《こうよう》の季節だから紅葉《もみじ》を見に行くのもいいかなって……後は、水族館とかどうでしょう？」

日曜日は久しぶりに蒼真とデートできるのだ。楽しみでしょうがない。

「それが……仕事が入ってしまったんです」

蒼真が申し訳なさそうに頭を下げてきた。

「えっ？」

「風邪で休んでしまったものですから」

ああ、そういうことか。それじゃあ、仕方がないよね。

「わかりました。それじゃあ、また次の機会に」

内心ではひどくがっかりしていたけれど、気にしている蒼真の気持ちを考えて、菜穂は笑みを浮かべて頷いた。

「すみません、菜穂さん」

蒼真も凄く残念そうだ。それがわかり、菜穂はそれほど気落ちせずにすんだ。

そうよ。また次のデートの時にでも行けばいいんだわ……

菜穂は前向きに気持ちを切り替える。

そうしてふたりは、ランチの間中、尽きぬ会話を楽しんだのだった。

5　リセット願い

日曜日になった。

蒼真との約束がキャンセルになってしまったので、特に予定もない。一日家でゴロゴロするつもりでいたが、ふと思い立ち、菜穂は以前蒼真が連れて行ってくれた公園に出かけてみることにした。

ちょっと足を伸ばして行ってきたんですよって、ランチの時にさらりと言ったら、蒼真さん、きっとびっくりするだろうな。

そうだ。せっかくだから、写真をいっぱい撮ってこよう。

薔薇《ばら》はまだ咲いてるかしら？　きっと紅葉《こうよう》もきれいに違いない。

考えるほどにワクワクしてきて、菜穂はカーナビを頼りに高速に乗り、一時間ちょっとで公園に到着した。

「ふふっ。来ちゃった」

胸を弾ませて、ゲートに向かう。

蒼真とともに来た時のことを懐かしく思い出しながら、菜穂は彼が手がけた見事な庭園へと、ゆっくり歩いて行った。

迷路のようになっている薔薇《ばら》園で少し迷ったものの、なんとか庭園の入り口である桃色の薔薇《ばら》のトンネルを見つける。

やった！

ここには、やっぱりなんだか不思議な空気が流れているなぁ……蒼真さんったら、光の精とか耳元で囁《ささや》いてきて……

けど、ここにいると、本当にそうした存在を信じたくなるのよね……それくらいロマンティックな場所だ。

ゆっくりとトンネルを進んでいったら、庭園の方から人の話し声がする。

なんだ残念。今日は人がいるみたいだ。

ついがっかりしてしまうが、ここは公園内だから人がいて当然。いない方がおかしいと思い直す。

だけど、他の人がいたら、ブランコに乗りづらいな。

少しその辺をぶらついて、出直そうかと思いつつ、菜穂は庭園が覗《のぞ》ける位置まで進んで行った。

あっ、カップルがいる。

この間の菜穂と蒼真のように、小さな家の窓の前に立ち、肩を寄せ合うように中を覗《のぞ》いている。

とても仲が良さそうだ。

女性の顔が少し見えたが、凄くきれいな人だった。

これは邪魔しちゃ悪いかな？

そう思って引き返そうとしたら、あることに気づく。

あれ？　男の人の後ろ姿、蒼真さんに似ている。髪型も……

なんとなく興味を引かれて、つい身を隠すようにして男性を窺《うかが》ってしまう。しばらくすると、ふたりは窓から離れて家のドアへと向かっていった。

『中には入れないのよ』

ちょっと笑いながら、菜穂は心の中でふたりに教える。

だが、なんと、開かないはずのドアが開き菜穂はぽかんとした。

えっ？　でも、蒼真さんは入れないって……

入っちゃっていいの？　まさか管理する人が施錠を忘れたとか？

これって、止めた方がいい？

慌てて駆け寄ろうとした菜穂は、男性の横顔を見た瞬間、雷が落ちたような衝撃を受けた。

思わずその場にしゃがみ込む。

あれ……蒼真さんだ……間違いない。

な、なんで？　なんで他の女の人といるの？

今日は仕事だって……だからわたしとの約束はなしにって……

わけがわからない。

けれど、ここにいてはいけないと、頭の中で強烈に警鐘《けいしょう》が鳴り響いていた。

それからどうやって家に帰って来たのかわからない。

玄関に入ると、「あら、どこに行ってたの？」と母が声をかけてきた。

「うん、ちょっと。なんか、気分悪くなっちゃって……少しベッドで休むね」

「あら、風邪でも引いた？」

「疲れたのかも。ここのところ仕事が忙しかったし……寝てれば治ると思うから……」

「薬は？」

「いらない」

そう言って、菜穂は自分の部屋に入る。

ひとりになり、ぼうっとした頭で自分の爪先《つまさき》を見つめた。

頭の隅で、きれいな女の人と一緒にいる蒼真の姿がちらちらする。

それを振り払うように力いっぱい頭を振り、菜穂はベッドに潜《もぐ》り込んだ。

目をぎゅっと瞑《つぶ》り、眠ろうとする。

けれど、睡魔は一向に訪れなかった。

日が落ちて、母から夕飯は食べられそうかと聞かれたが、いらないと断った。病院に行った方がいいんじゃないかと父が顔を見にきてくれたが、熱もないし寝てれば大丈夫と告げる。

結局、一睡もできぬまま朝になってしまった。

朝食はほとんど喉を通らず、母を心配させてしまう。だが、胸がつかえて呑み込めないのだ。

菜穂はなんとか身支度をし、かなり残念な顔で仕事に出かけた。

何も考えたくなくて、とにかく仕事に集中する。そうして昼まで過ごしたところで、菜穂は携帯を家に忘れてきたことに気づいた。

そういえば、昨日からまったく携帯をチェックしていない。

もしかしたら、蒼真から連絡があったかもしれない……でも、確かめるのが怖い。

悶々《もんもん》とした状態で一日を終え、自宅に戻った頃には少しだけ心に折り合いがついていた。

心配そうに「大丈夫だったの?」と声をかけてくれた母にも、「うん、体調戻った」と笑顔で言えた。

夕食を軽く食べて自室に戻り、ベッドに身を投げ出すようにして仰向けに転がる。

強烈なショック状態からようやく抜け出せた。

そして、なぜあそこに蒼真がいたのか、女性とともにいたのかについて、冷静に考えられるくらいには、気持ちが落ち着いた。

あれには、きっと何か理由があるのだ。

彼は仕事が入ったと言っていたのだし、もしかしたらあれは仕事だったのかもしれない。

そうだ。悶々《もんもん》と悩むくらいだったら、はっきり蒼真さんに聞こう。

……けど聞ける?

もし仕事じゃなかったら、彼ともう一緒にいられなくなるかもしれないのに。

蒼真さんに限って、絶対にそんなはずないわ!

そうよ、万が一不実な人だったら、こっちから別れてやるもの。

そう強気に考えても、これまでの蒼真とのことが思い出されて胸がつぶれそうに痛んだ。

こんなに好きなのに! 会えなくなるなんて嫌っ!!

「ううっ……うーーっ」

涙がバカみたいに溢《あふ》れてきた。
「ううーーーっ……」
ただ女の人と一緒にいるのを見ただけだ。
なのに、それだけでこんなに不安になるなんて……
恋って、ただしあわせなことばっかりじゃないんだな。
どんなに彼のことを信じていても、些細《ささい》なことで胸が不安でいっぱいになる。
忘れたくても、頭の中に女性と寄り添う彼の姿がぐるぐる回って涙が止まらない。
どれくらいそうしていたのか……
結局菜穂は、涙が枯れるまで泣き続けた。
けど、散々泣いたおかげで、気持ちはすっきりしている。
日曜日のことは、蒼真に直接確認しようと結論も出た。
風呂に入って部屋に戻った菜穂は、ずっと放置していた携帯を取り上げる。
もしかしたら、蒼真さんから連絡がきているかも……
ドキドキしながら確認するが、彼からはメールも着信もなかった。
たちまち心がずんと重くなる。
……バカみたい。
ひとりで泣いて不安になって落ち込んでるなんて、ほんとバカみたい。
焦燥感《しょうそうかん》に囚《とら》われた菜穂は、携帯を床に放り投げ、ベッドに転がった。

翌朝、菜穂はいつものように身支度をして家を出た。

まだ少し瞼《まぶた》は腫《は》れぼったかったが、化粧でなんとか誤魔化《ごまか》す。

何人かの同僚に腫《は》れぼったい目を指摘されたが、その都度《つど》、菜穂は、凄く悲しい映画を観て泣いてしまったと嘘をついた。

そのまま午前中の仕事を片付け、昼になる。

あんまり食欲がない菜穂は、そのまま仕事を続けた。

けれど、ふとしたことですぐに蒼真のことを考えてしまう。

……わたし、蒼真さんと付き合いはじめたと思っていたけど……本当にそうだったのかな？

よく考えたら、蒼真は一言も菜穂に付き合おうとは言っていない。そして、はっきり好きだと告白もされていないのだ。

もしかしたら、恋愛関係になれたと、勝手に思い込んでいただけなのかもしれない。

疑似恋愛を止めようと言われたことを、わたしが都合良く勘違いした。

たぶんそういうことなんだ。

でも、本当にそう？

もしかしたら、何か理由があるのかも。やっぱり彼に直接聞くべきじゃない？

その考えに縋《すが》りつきそうになる。

……聞いてみようか？　電話して……

菜穂はバッグを取り上げて携帯を探したが、入っていない。

ああ、そうか……夕べ、床に放り投げて……そのままだ。

わたしと連絡が取れないことに、彼は困っているかもしれない。

性懲《しょうこ》りもなくそんなこと思ってしまう自分に、菜穂は顔を歪《ゆが》めた。

バカみたいバカみたいバカみたい……！

菜穂は泣きたい気持ちを抑え込んだ。

「伊沢さん」

声をかけてきたのは香苗だった。彼女は菜穂の顔を見て、一瞬眉をひそめる。

「はい」

菜穂は、なんでもない振りで返事をした。

「あなた、携帯は？」

「……家に忘れてきました」

「そう。ちょっと来て」

そう言って、香苗は菜穂に背を向ける。菜穂は仕方なく立ち上がり、その後に続いた。

てっきり社長室に向かうものと思っていたら、伯母は階段を下りていく。

「……あの、どこに向かってるんですか？」

そう聞くが、香苗は答えてくれない。

エントランスを通り抜け、そのまま外に出てしまう。

そこには、なんと蒼真がいた。

「そ、蒼真さん！」

「ああ、菜穂さん。よかった。電話しても連絡がつかないので、仕事中とは思いましたが、笹部さんにお願いしてしまいました。すみません」

蒼真は頭を下げつつも、朗《ほが》らかに菜穂に笑いかけてきた。

いつもと変わらない笑みを見て、トクンと胸が疼《うず》く。

やっぱり、すべて菜穂の勘違いだったのではないかと思えてしまう。

「大事なCM撮りが控えてるんだから、ちゃんと仲直りしなさいよ！」

香苗は言うだけ言って、社に戻って行った。

ふたりきりにされて気まずい。蒼真を前にして胸が苦しくてならなかった。できることなら、すぐさまこの場から立ち去りたい。

「仲直り？」

蒼真が不思議そうに言って、菜穂を窺《うかが》うように見つめてくる。菜穂は彼と視線を合わせられず、目を泳がせた。

「あの……わたしいま、凄く仕事が忙しくて……すぐ戻らないと」

顔を逸《そ》らし、なんとか口にする。背を向けて逃げ出したがっている自分を必死に抑える。

「そうなんですか。ならあまり引き止められませんね。ようやく時間ができたので、ランチを一緒にと思ったんですが」

「仕事しながら、もう食べてて……」

「そうですか、残念だな。……そうだ。菜穂さん。何度か電話をかけたのですが、ちっとも出てもらえないので心配していたんですよ。何かあったのではと……」

「すみません。携帯は、家に忘れてきたんです」

「そう、でしたか」

「せっかく来ていただいたのにごめんなさい。もう仕事に戻らないと……」

ちゃんと話すべきだとわかっている。なのに怖くて、彼の顔をまともに見ることもできない。

「わかりました。それじゃ、また明日ランチしましょう」

明日……

正直、いまの精神状態では明日になっても彼と食事などできそうもなかった。

断りたかったが、いまはとにかくこの場から離れたい。

「わ、わかりました。それじゃ、明日」

菜穂は頭を下げ、蒼真を見ずに背を向けた。

そのまま足早に歩き去ろうとしたら、彼に手を掴《つか》まれる。

「待ってください」

菜穂はドキッとして振り返った。

「……な、なんですか？」

「どうしたんです？　何か様子がおかしいですね？」

「べ、別に……いつもと同じ……」

「何があったんです？　まさか、瀬山さんに何かされたんじゃないでしょうね？」

蒼真が焦ったように聞いてくる。

だが、菜穂はカチンときた。

「仁さんは何もしてません！　あれきり会ってもいませんし！」

思わず言い返してしまう。自然と声が刺々《とげとげ》しくなった。

蒼真の顔を見ることができず、菜穂は俯《うつむ》く。

『何かしたのは仁さんではなく、あなたよ！』と八つ当たり気味の怒りが込み上げてきた。

気づけば「日曜日……」と口にしていた。

ダメ！　怒りに任せて口にしちゃダメ！

必死になって自分を戒《いまし》めるのに、言葉は口からほとばしる。

「日曜日の仕事って、どんな仕事だったんですか？」

その言葉に、菜穂はべったりと嫉妬《しっと》を塗りこめてしまった。そんな自分が嫌で堪《たま》らない。

こんな最悪な面など、蒼真さんに見せたくないのに……

怒りと苛立ちと悲しさが胸の中で渦巻いている。何をきっかけに、どれが表に飛び出すか自分でもわからなくて怖くなる。

「どうしてそんなことを聞くのかな？」

蒼真はこちらを窺《うかが》うように聞いてきた。渦巻く感情に拍車がかかる。

「約束を断るくらい……そんなに、大事な仕事だったんですか……」

菜穂は顔を強張《こわば》らせながら、硬い声で口にした。

「もしかして、約束を破ったことを怒っているんですか？」

「怒ってません！」

渦巻く感情を抑えきれずに、思わず怒鳴ってしまった。すると蒼真は、ふっと余裕そうに笑う。

その笑みは、菜穂の怒りの炎にさらなる油を注《そそ》いだ。

「何がおかしいんですかっ!!」

菜穂は、苦しくなるほど大声で叫んだ。

蒼真がぎょっとしたように目を開く。彼のその顔を見て菜穂は強烈に悲しくなった。

気づけば目からボロボロと涙が零《こぼ》れ落ちる。菜穂は、驚いたまま固まっている蒼真をその場に置き去りにして、社内に駆け戻った。


もう、めちゃくちゃだ！

もう終わりだ！

昼休みの間、菜穂はトイレにこもり、昂《たかぶ》った感情をなんとか鎮《しず》めようとした。

苛立ちや怒りが鎮《しず》まると、今度は後悔や悲しみがじわじわと心を侵食してくる。

どん底まで落ち込み泣きたくなったが、なけなしの理性を振り絞る。

菜穂は昼休みが終わると同時に職場に戻った。そして、がむしゃらに仕事に取り組む。

退社時刻になり、心も身体も疲弊《ひへい》した菜穂はぐったりと椅子に凭《もた》れた。

なんかもう、疲れた……

いっそ全部なかったことにしたい。

恋なんて知らなかった、少し前の自分に戻りたい……

菜穂は周囲を見回し、誰も自分を見ていないことを確認すると、両手を力いっぱい合わせた。

『神様、あのお願い全部取り消します。心をリセットして、恋する前のわたしに戻してくださいっ!!』

藁《わら》にも縋《すが》る思いで必死に祈ったが、心のリセットが行《おこな》われることはなかった。

すでに限界の中、残りわずかなエネルギーまで使ってしまい、踏ん張る元気もない。

机につっぷしたら、涙が勝手にポロポロと零《こぼ》れはじめた。

泣きたくないのに……なんで涙が出るんだろう?

ぼんやりとそんなことを考えた次の瞬間、苦しいほどに悲しくなった。

わたし、蒼真さんが好きだ！　彼のいない世界で生きていても意味がないと思うくらい……彼が好きだ。

『なら、ちゃんと確かめるしかないんじゃないの?』

そんな心の声が聞こえてきて、菜穂は机から頭を上げた。

家に帰って、蒼真さんに電話して……それで素直にちゃんと尋ねよう。

『日曜日に公園で一緒にいた女性は、あなたとどんな関係ですか?』

いや、これはダメだ。嫉妬心《しっとしん》がだだ漏《も》れだ。

『わたしとあなたは恋愛関係なんですか？』

……かな？

うん。これが一番わかりやすいかも。イエスかノーかですぐに答えがもらえる。

そう思ったら、一気に身体から力が抜けた。

ああ……疲れたなぁ。

ここ最近の睡眠不足が祟《たた》り、菜穂は仕事机の上につっぷし、そのまま眠り込んでしまった……


頭にそっと触れられ、菜穂は驚いて机から顔を上げた。

あれ……えっと、ここは……？

ああ、職場よね？　そうか。あのまま寝て……うん？　いま頭に触れられて……

眠気がふっ飛び、菜穂は勢いよく振り返った。

えっ？　ええっ⁉

「そ、蒼真さん⁉　な、なんでここに？」

「笹部さんに許可をいただきました」

「きょ、許可？」

動揺しすぎて心臓がバクバクする。

蒼真は周りを見回し、手近な椅子を引き寄せて菜穂の隣に座った。

どうやらすでにみんな帰ってしまったらしく、職場には菜穂たち以外に人はいない。

「お、伯母さんは？」

「ご自分の部屋にいらっしゃると思いますよ」

そ、そうか。完全にふたりきりってわけじゃないんだ。少しほっとする。

「さて。昼間のあれは、どういうことなのか聞かせてもらいますよ」

そう言われて、ドキッとする。蒼真はひどく怒っているようだ。

あんな態度を取ったんだから、当たり前か……

けど、何をどう言えばいいのかすぐに思いつかない。

俯《うつむ》いて黙り込んでいたら、顎《あご》に指を当てられ、ぐっと上向かされた。

「うっ！」

蒼真の視線が痛い。顎《あご》を掴《つか》まれたままの状態は、居心地が悪いったらない。

「は、離して……ください」

顎《あご》を掴《つか》んでいる蒼真の手に触れて言ったが、彼は微動だにしない。

やっぱり、怒ってる！　しかも、とんでもなく怒ってるみたい。

彼の怒りが、ピリピリした振動となって伝わってくるようだ。彼の視線を直視することができず、
菜穂の目はあちこち泳ぎ回る。

「私の目を見て！」

叱《しか》られ、ビクリとして蒼真と目を合わせる。

「さあ、何があったというんです？」

もう逃げられない……そう観念し、菜穂は強張《こわば》った唇をなんとか開き「こ、公園の……」と言った。

「公園？」

『公園で一緒にいた女性は、あなたとどんな関係ですか？』

ぱっと頭にその言葉が浮かんだが、口にするのを躊躇《ためら》う。

そんな嫉妬心《しっとしん》丸出しで問い詰めるなんて、プライドが許さないもの。

「菜穂！」

厳しい声に、菜穂は再びビクンとした。

「だ、だって……」

ぼそぼそ言ったら、蒼真はため息をつき、顎《あご》を掴《つか》んでいた手を離してくれた。そして、今度は菜穂の両手を握り締めてくる。だが、話すまで許さないとばかりに、強い視線を向けてきた。

菜穂は息を吸い、腹に力を入れて口を開く。

「あ、あなたとわたしは……」

『恋愛関係ですか？』とは聞けず、咄嗟《とっさ》に菜穂は「どんな関係ですか？」と口にした。

「どんな関係か？」

菜穂の言葉を繰り返した蒼真は、少し呆気に取られた顔で菜穂を見つめてくる。

「教えてください」

「菜穂さん、その問いに答える前に、私もひとつ聞きたい」

「な、なんですか？」

「あなたにとって、私はどんな存在ですか？」

「えっ？」

わたしにとって、蒼真さんはどんな存在か？　そ、そんなのわかりきってるけど……

「な、なんでそんなことを聞くんですか？」

「聞かないと前に進めないからですよ。……ずっと聞きたいと思っていましたが……どうにもいままで勇気が出せずに……」

え？　それってどういうこと……？

「蒼真さんの言っている意味が、よくわからないんですけど」

そう言ったら、なぜか蒼真が苛立ったように表情を変える。

彼は、菜穂の机に勢いよく手をついた。

バン!!　と大きな音がし、菜穂はぎょっとして身を竦《すく》ませる。

蒼真は立ち上がり、菜穂を腕の間に挟むようにして机に両手をついた。

蒼真の身体がぐっと迫ってきて、菜穂は椅子に座ったまま慌てて上体を反らす。

な、なんなのこの状況は!?

「あなたに逃げられないように紳士らしく振る舞ってきたが、もう限界だ！」

えっ？　ええっ!?

限界？　逃げられないように紳士らしく振る舞っていた？

蒼真の言葉を頭の中で繰り返すが、彼が何を言いたいのかさっぱりわからない。

「あなたにそんな気はなかったのかもしれない。だが、散々思わせぶりな態度で翻弄《ほんろう》されたら、いい加減こっちは堪《たま》らない」

思わせぶりな態度!?　翻弄《ほんろう》って……

「い、いったい、なんのことですか？」

「わからないんですか！」

蒼真のあまりの迫力に、菜穂はこくこくと壊れたおもちゃのように頭を上下させる。

互いの吐息が触れ合いそうなこの体勢に、菜穂の鼓動は速まるばかりだ。このままでは、心臓が破裂してしまうかもしれない。

「はっきり聞かせてもらいたい。あなたは私のことをどう思っているんだ？」

「ど、どうって……そ、蒼真さんこそ、わ、わたしのことを、どっ、どう思っているんですか？」

しどろもどろになりつつも、なんとか言い返す。

すると蒼真は眉を寄せ、菜穂をじっと見つめてきた。

こんな至近距離で、そんなに顔を見ないでほしいんだけど……

いまのわたしの顔、絶対に見られたものじゃない。

「わからないとでも？」

「えっ？　わ、わからないから……聞いてるんですけど」

「あれほど、あからさまだったのに？」

「あからさま？」

「本当にわかっていないんだな」

がっくりと呆れたように言われ、ちょっとムッとした。

「どうしてそんな風に、言われなきゃならないんですか？」

「私は、マイナスからどうやって挽回《ばんかい》できるか、いつも必死だったんですよ」

蒼真は負けじと菜穂の顔を正面から見つめて言ってきた。

「もう嫌われていないと確信を持ててからは、あなたの気を引こうと必死だった」

気を引こうと……？

菜穂は息を呑む。

ようやく彼の言わんとすることが理解できて、菜穂は大きく目を見開いた。

「近づけたと思ったら離れていく……私には、あなたがどういう気持ちでいるのかがまるでわからない！」

「そ、それこそ、あからさまだったと思うんですけど……」

おずおずと言ったら、蒼真は固まり、菜穂の目をまじまじと見てくる。

「あからさま？　それはどういう意味で？」

「だから……たぶん……蒼真さんがさっき言ったのと、同じ意味じゃないかと……思いますけど」

「本当に？」

「は、はい。たぶん」

「私に恋愛感情を抱いているんですか？」

菜穂は真っ赤になった。

それ、そんな風に言う？

「頬が赤くなった」

蒼真はそう言いながら、菜穂の熱くなった頬に触れる。

「もうっ！　なら、蒼真さんもわたしに恋愛感情を抱いてるって言うんですか？」

「ええ」

蒼真はあっさりと認め、菜穂の心臓は大きく跳ねた。

「ほ……本当に？」

思わず聞き直したら、蒼真がぐっと顔を近づける。緊張で身を固くしていたら、彼の唇が菜穂の右頬に触れた。

チュッと、軽いキスの音とともに唇は離れる。菜穂が口をパクパクさせている間に、今度は左頬に唇が触れた。

「そ、蒼真……」

動転して名を呼んだら、蒼真は菜穂と目を合わせたまま、ゆっくりと顔を近づけてきた。

今度は、彼の目的がはっきりわかる。

動揺してぎゅっと目を閉じたら、唇にやわらかなものが触れた。

そ、蒼真さんの唇……

彼との口づけに、菜穂の心臓は痛いほどバクバクする。

キスを惜しむように、蒼真はゆっくりと唇を離した。

彼は何も言わずに菜穂を見つめている。

菜穂の頭の中は真っ白だった。ただ、じわじわと喜びが湧き上がってくる。

その感情に突き動かされるみたいに、菜穂は蒼真の背中に腕を回し、思い切り抱きついた。

蒼真は椅子に座っていた菜穂の背に手を当て、立ち上がらせる。

きつく抱き締められ、菜穂は蒼真の胸に顔を埋《うず》めた。

もう不安に思わなくていいんだ。わたし、本当に蒼真さんに好きになってもらえたんだ。

「離したくないな」

その言葉にドキリとする。それって、今夜一緒に過ごしたいってこと?

頭が沸騰しそうになる。

わたしだって蒼真さんに抱き締められていたいけど……すべてを受け入れるのには躊躇《ため》いがある。

「……けど、戻らないと」

「戻る?」

「実は、仕事を抜けて来たんです」

「えっ? 蒼真さん、仕事の途中なんですか?」

「今週は叔父が出張でいないので、殺人的な忙しさなんです……」

そ、そうだったんだ。なのにお昼はランチに誘いに来てくれて……いまも仕事を抜けてきてくれて……。わたし……蒼真さんに、すっごい迷惑かけてしまったんだわ。

「ごっ、ごめんなさい」

申し訳ない思いで謝ったら、蒼真がふっとやわらかに微笑む。

「いや、来てよかったから」

その言葉に喜びを噛み締め、菜穂は再び蒼真にぎゅっと抱きついた。

「菜穂」

愛しさを込めて名を呼ばれ、菜穂はドキドキしながら蒼真を見上げた。顎《あご》に指を添えられる。先ほどとは違い、そっと触れていた指が、愛撫するように唇の輪郭に沿ってゆっくりと動く。それは甘いチリチリとした刺激を菜穂に与えた。

「そ、蒼真さん」

なんともその甘い刺激に耐えられず、菜穂は彼の手を掴《つか》んで名を呼んだ。

「感じる？」

唇が触れ合いそうなほど菜穂に顔を近づけ、蒼真はちょっと意地悪そうに言う。

肯定も否定もできず、菜穂はムッとして唇を尖らせた。その唇に蒼真は唇を重ねる。

「んっ……」

触れ合った唇の感触に、菜穂は思わずぎゅっと唇を閉じた。すると蒼真は薄く唇を開き、菜穂の唇の表面に舌先を這《は》わせる。

そのなんともいえない微妙な刺激に、ふるふるっと身を震わせてしまった瞬間、ぎゅっと閉じていた唇が緩《ゆる》む。その隙をつくように、蒼真の舌先が唇の間に割り込んでくる。

「っ!!」

無意識に抗《あらが》い首を反らそうとしたが、蒼真がそれを許さない。頭の後ろに手が当てられ、しっかり固定されてしまった。その間にも口づけは深められていく。

「んっ、あっ……」

艶《つや》のある声を上げてしまったことに気づき、菜穂の頬の熱が増す。さらに深まりそうな口づけにおぼれそうになった時、蒼真はゆっくりと唇を離した。

「菜穂……」

愛しそうに名を呼ばれる。けれどキスの余韻が生々しく残っていて、菜穂は恥ずかしくて顔を上げられない。

「仕事なんて、もうどうでもいいな。このままあなたを連れ去りたい」

その言葉に、従いたくなった。けど……そうはいかないことを彼も自分もわかっている。

「ダ、ダメですよ」

菜穂はキスの余韻を払拭《ふっしょく》するように、ちょっと声を張って言った。

ほんとは一緒にいたい……その気持ちは、蒼真さんよりわたしの方が強い気がする。

すると、蒼真がため息をついた。そして名残惜《なごりお》しそうに菜穂から身体を離す。

菜穂は寂しくなって、思わずもう一度蒼真に抱きつきたくなってしまう。

「叔父が戻れば時間が作れます。そうしたら、水族館と紅葉《もみじ》狩《が》りに行きましょう」

菜穂はこくりと頷いた。いまは別れなくちゃならないけど、蒼真さんと思いが通じたいま、これからはいつでも会える。

「わたし、もう大丈夫です。蒼真さんも、仕事に戻ってください」

「あなたは？　すぐ家に帰りますか？」

「はい。でも、その前に、伯母のところに顔を出してきます」

「そうでしたね。私もお礼を言わないと……一緒に行きますよ」

菜穂は頷き、急いで帰り支度をしてバッグを手に取った。蒼真とともにオフィスから出ようとしたら、軽く抱き締められる。

「そっ、蒼真さん」

彼は菜穂の唇を奪い、惜しむように下唇を甘く噛んでゆっくりと離す。初めての刺激に、菜穂の背筋にぞわぞわっと鳥肌が立った。小さく身を震わせた菜穂を見て蒼真は嬉しそうに笑む。

こんな反応をしてしまってひどく恥ずかしい。

菜穂は、蒼真の視線から逃れるように顔を伏せた。

「菜穂、愛していますよ」

菜穂はハッとして蒼真を見上げた。

その言葉を、自分はずっと待っていたのだということに気づく。

じわっと涙が浮かんできて、菜穂は目を見開き、涙で滲《にじ》んだ視界で蒼真を見つめた。

「わたしも愛してます。蒼真さんと出会えて、本当に嬉しいです」

菜穂は蒼真の手を取り、その手を自分の頬に当てた。男らしい大きな手が愛しくて堪《たま》らない。

思いが通じたんだと、改めて心の中で噛み締める。

「あなたと出会わせてもらえて……私は笹部さんに感謝しないと」

蒼真は少し困ったように言う。蒼真さん、最初は伯母さんのことを誤解してたんだものね。

「お礼を言いに行きましょうか？」

そう提案したら、蒼真は微笑んで頷き、菜穂の手を握り締めてきた。

ふたりは寄り添うようにして歩いていく。

奇跡のようなこの現実を、心の中で味わいながら……


その夜、自宅のベッドに潜《もぐ》り込んだ菜穂は、なかなか寝られずにいた。

今日自分の身に起きた夢のような出来事を、何度も思い返してしまう。

あまりに突然だった蒼真の登場。その後の彼の言動のどれもこれも、思い出してはドキドキと胸が高鳴ってしまう。

蒼真さん、もう仕事終わったかな？　物凄く忙しいようだったのに……わたしのせいで……

なんて思いながらも、不謹慎にもニマニマしてしまう。

彼とのキスには心臓が破裂しそうにドキドキした。何度も抱き締められて……愛してると言ってもらった。

布団の中で「きゃーっ」と小さく叫び、身もだえする。

声が聞きたいなぁ。寝る前に電話しちゃダメかな？

そう考えた時には、菜穂はもう身を起こしていた。

もう十一時になろうかというところで、電話をかけるには遅すぎる時間だ。

ちょっと躊躇《ためら》ったが……菜穂はベッドから降りて携帯を探した。

えっと……ああ、そうだった。昨日放って、そのままだっけ……

あっ、あった。机の下に転がっている携帯を見つけて、取り上げる。

携帯には蒼真からの着信が入っていた。それに、メールも何通か届いている。菜穂はそれらをひとつひとつ丁寧に読んでいった。だが、途中で、ハッとして固まった。

そっ、そうだ!!　わたしってば、肝心なことをすっかり忘れてた！

公園で蒼真さんが一緒にいた女の人のこと……まだ解決してないじゃない!!

菜穂は顔を歪《ゆが》め、ぎゅっと携帯を握り締めた。

あの女性はいったい誰だったわけ？

わたしとの約束を反故《ほご》にしてまで、あの女性と庭園にいたのはなぜ？　しかも、入れないはずの家の中にまで入れてあげて……

思い出したら、再び嫉妬で胸が焼けそうになる。菜穂は痛いほど唇を噛み締めた。

「もおっ、なんで忘れてるのよ。わたしのバカ！」

自分に怒鳴り、菜穂は床にぺたんと座り込んだ。

はあっ。せっかく夢心地で寝られると思ったのに……胸がムカムカして、気分が悪くなりそう。

このまま寝るなんて、とても無理だわ。

菜穂は手にしている携帯を見つめた。

蒼真さんに電話しよう。どういう理由であの女性とあそこにいたのか、ちゃんと確かめなきゃ。

もしかしたら、まだ仕事中かもしれないけど……

思い切って電話してみようとしたが、躊躇《ためら》いが湧く。そんな自分が嫌なのに、不安は消えてくれない。

「蒼真さんを疑うの？　信じてるんでしょ？」

躊躇《ためら》う自分を怒鳴りつけた菜穂は、大きく息を吸い込み、気持ちを静める。そして、蒼真に電話をかけた。

「菜穂」

喜びの滲《にじ》む蒼真の声に、菜穂の口元には自然と笑みが浮かぶ。

「遅くにごめんなさい」

「嬉しいですよ。電話をかけてきてくれて……ありがとう」

蒼真の言葉の端々《はしばし》から、彼の思いが伝わってきて、菜穂は涙が浮かびそうになった。

蒼真を疑う気持ちは、もうほんのわずかも残っていなかった。それでも、どういった理由であの女性といたのかについて、聞いておくべきだ。

「あの、まだ仕事中ですか？」

「いえ、さっき自宅に戻ったところです。これから風呂に入ろうとしていたんですよ」

「そうなんですね。あの、もう少し、いいですか？」

「いくらでも。あなたの声ならずっと聞いていたい」

囁《ささや》くように言われ、どうにも顔が赤らむ。

ダメダメ、甘い言葉にぽうっとなっている場合じゃない。ちゃんと聞かなきゃ。

菜穂は意を決して口を開いた。

「蒼真さん、聞きたいことがあるんです」

「なんですか？」

「実はわたし、日曜日にあの公園に行ったんです」

「えっ？」

「庭園に蒼真さんがいました」

「驚いたな。でも、どうして声をかけてくれなかったんです？」

不思議そうに聞かれ、安堵で涙が滲《にじ》んできた。

やっぱりあのことには、何か理由があったんだ。

「蒼真さんが……きれいな女の人と一緒にいたから。……それを見て……ショックで。だから逃げ帰ったんです」

「……菜穂。どうしてさっき言ってくれなかったんです？」

「忘れてたんです。蒼真さんと両思いになれて、舞い上がってしまって……でも、家に帰って、寝ようと思ったら思い出してしまって……絶対、何か理由があるはずだから……電話して……ちゃんと誤解を晴らして……それで、寝ようって……」

「菜穂」

どうにも涙が堪《こら》えられず、菜穂はしゃくり上げてしまった。

「……参ったな。どうしたらいいんだ……ご両親のいる自宅では、会いにも行けないし……」

蒼真が途方に暮れたように電話口で呟《つぶや》く。

「教えて……ください。誤解なんですよね？」

「ええ。もちろんです」

きっぱりと言ってくれたことに心の底から安堵し、胸がいっぱいになる。

「あなたに仕事内容を伝えられていれば……こんなことにはならなかったのに」

悔やむように蒼真は言ってくれる。

「あの、どんな仕事だったのか、聞いてもいいですか？」

そう聞いたら、蒼真が黙り込んでしまう。その沈黙に、ちょっと落ち着かなくなる。

「教えては、もらえないんですか？」

残念な気持ちで口にしたら、蒼真が、「こうなったら構わないか……」と言う。

「実は、極秘にと、言われていて」

ご、極秘？

「実は、彼らに庭園の案内をしてほしいという依頼を受けたんです」

えっ、か、彼ら？

そ、それって……？　あそこにいたのって、蒼真さんとあの女性のふたりだけじゃなかったの？

「菜穂、私と一緒にいた女性の顔は見ましたか？」

「す、少し」

「その顔に見覚えはありませんでしたか？」

そう聞かれて驚いてしまう。確かに見覚えがあって……けど、わからずにいて……

「あの女性は、音楽アーティストです。あなたもテレビで観たことがあるんじゃないかな」

すると蒼真は、とてもメジャーな男女二人組のアーティストの名を上げた。

「ああっ！」

思わず声を張ってしまう。

そ、そうだわ。言われてみれば確かにあの女性……テレビで観たことのあるアーティストと同じ顔だ。

心の和《なご》むやさしい歌声が人気のアーティストで、菜穂も好きだった。けど、庭園で会ったあの時は、テレビで観る時とは髪型も服装もまるで違っていたから……

「で、でも、どうしてあそこの案内を蒼真さんが？　お知り合いなんですか？」

「違いますよ。笹部さんから依頼されたんです」

「えっ、伯母さん？」

「ええ。こんな仕事、これまでしたことがありませんから、どうにも気が重くて……」

その言葉で思い出した。ランチの時、蒼真さんがため息ばかりついていた時があって……気になって話を聞いたら、仕事にわがままは言えないからと。

あの時、詳しいことを教えてもらえなくて残念に思ったんだけど……

「おまけに依頼された日時に風邪で倒れてしまったものだから、日曜日に延期されて……おかげで楽しみにしていたあなたとのデートをキャンセルせざるを得なくなった」

話が繋《つな》がり、菜穂は思わず「はーーっ」と、納得と疲れを滲《にじ》ませた息を長々と吐き出した。

「相手が有名アーティストだから、笹部さんが極秘にと。あなたにも決して漏《も》らすなと釘を刺されたんですよ」

そういうことだったのか。教えてもらえていれば、辛い思いをせずにすんだけど……相手が有名人なのでは、極秘なのも頷ける。

「それと、誤解のないように言っておきますが、わたしは、女性アーティストとふたりきりではなかったんですからね」

「は、はい。蒼真さん、さっき『彼ら』って言いましたものね」

「男性アーティストの方は、ブランコが気に入って、ずっと漕《こ》ぎ続けながら曲作りにいそしんでいたんですよ」

「曲作りを？」

「ええ、あの庭園をイメージした新曲を作るんだそうですよ」

そうだったんだ。

すべてが明らかになり、どうにもこうにも恥ずかしい。

真相がわかればなんてことはない。あれは本当にただの仕事だったんだ。

なのに、蒼真さんを疑って嫉妬して勝手に苦しんで……これが電話でよかったと思えてくる。

「わたし、もうなんて言っていいのか……恥ずかしいです」

顔を真っ赤にし、菜穂は蚊の鳴くような声で口にする。

「蒼真さん、呆れたでしょう？」

「いいえ。愛しいばかりだ」

い、愛しい……？

「愛していますよ、菜穂。どうしていま、あなたは私の目の前にいないんだろうな」

その言葉に涙が出てくる。

蒼真の思いに包まれながら、菜穂は涙を零《こぼ》した。

6　プロポーズはブランコで

「さあ、支度は整ったわね。花嫁さん」

香苗が楽しそうに声をかけてきた。菜穂は頬を染めて小さく頷く。

「伯母さん、このウエディングドレス、わたしに似合ってる？」

「あなたに合わせて作ったのに、似合わないわけがないでしょう。自信持ちなさい」

そう言われても、不安になるのだ。蒼真さん、気に入ってくれるかな？

「さあ、行くわよ」

香苗に促《うなが》され、菜穂は新婦用の豪奢《ごうしゃ》な造りの椅子から、ゆっくりと立ち上がった。

この部屋のものはどれもこれも、すべてが真新しい。

それもそのはずで、ここは、これからオープンする結婚式場なのだ。

ＣＭの撮影だけど、考え方によっては、わたしがこの式場初の花嫁ということになるのかな？

そんなことを考えて笑みを浮かべる。はじまる前から、もう胸がいっぱいだ。

まるで、本当にこれから結婚式に向かうみたいな気持ちになってくる。

タキシード姿の蒼真さんに早く会いたい。

控室から出て、式場の中に設けてあるチャペルへ向かう。

真新しいチャペルの中に入ると、窓から差し込む陽射しがクリーム色の壁に反射してキラキラと輝いている。その光景は、神聖なチャペルの雰囲気と相まってとても神々《こうごう》しく感じた。

その中に凜《りん》と佇《たたず》む蒼真の姿を見つける。

タキシード姿の蒼真はやっぱり魅力的で、菜穂は思わず息を呑んだ。

いますぐに駆け寄りたいけれど、思いのほかかさばるウエディングドレスでは……と躊躇《ためら》っていたら、蒼真の方から駆け寄ってきた。

「菜穂！」

蒼真は菜穂の両手を包むように取ると、高揚した顔で見つめてくる。

「なんと表現したらいいんだろう？　今日の君にしっくりくる言葉がすぐに思いつかない」

蒼真はそう言って、首を横に振る。

「蒼真さんも、とても素敵です」

「はいはい。褒《ほ》め合いは終了にしてくれない」

手を繋《つな》ぎ潤《うる》んだ瞳で見つめ合うふたりの間に、香苗が割り込んできた。

「今日の予定はぎゅうぎゅう詰めなのよ」

香苗がそう言ったところで、ＣＭ制作を担当する監督の声が響く。

「さあ、はじめるぞ」

それと同時にスタッフらが、一斉に動き出した。

にわかに慌ただしくなった現場の雰囲気に呑まれ、菜穂の緊張が高まる。

思わず隣の蒼真を見上げた。

「なんか、この雰囲気、怖いくらいですね……」

つい縋《すが》るように言ったら、菜穂の緊張をほぐすように背中をやさしく撫でられる。

「こんな経験は最初で最後です。菜穂、せっかくだ、楽しみましょう」

「は、はい」

菜穂は緊張しながらも頷き、蒼真とともにＣＭの撮影に挑んだ。

あっさりオーケーの出たシーンもあれば、何度も撮り直したシーンもあった。

挙式の後、新郎新婦がライスシャワーを浴びながらしあわせいっぱいに退場するシーンは、何度撮り直したかわからない。

花嫁の笑顔がイメージしたものではないと、監督のオーケーがちっとも出ないのだ。

何度も撮り直すうちに、何が駄目なのか益々わからなくなって泣きそうになった。

予定が詰まっている中、自分のせいでみなに迷惑をかけている。それが申し訳なくて、菜穂は笑顔の浮かべ方すらわからなくなった。

「いったん、休憩取ります」

助監督の声を聞き、菜穂はがくりと肩を落とした。

「菜穂、大丈夫ですよ。私がついてる」

撮影中、何度も励《はげ》ましてくれた蒼真が、肩を抱いて言葉をかけてくれる。

そこに仁がやって来た。仁もカメラで撮影に加わっているのだ。

「延々と撮り直してるからって、落ち込むことないぞ」

「仁さん？」

「充分魅力的な画《え》は撮れてる。けど、もっといい画《え》が撮れるって確信してるから、監督は撮り直してるのさ」

そうなの？

そう言って、仁は菜穂の不安を吹き飛ばすような自信満々の笑みを浮かべた。

仁の言葉で、落ち込んだ気持ちが少し浮上する。

「ありがとう、仁さん」

菜穂は感謝を込めて微笑んだ。

「あなたの助言というのが面白くないが……瀬山さん、ありがとう」

蒼真ときたら、まったく気持ちを込めずに言う。

すると仁は、それに対抗するように顔を背ける。

「お前の礼なんて欲しくないな。俺は、菜穂の笑顔だけで……」

仁は菜穂を見つめて手を伸ばしてきた。だがその手は菜穂に触れる直前に、蒼真によって容赦《ようしゃ》なく叩き落とされる。

「いてっ！　この野郎。ちょっと触るくらいいいだろう？　了見《りょうけん》の狭い男だな」

「確かにその通りだ。菜穂に関しては、極端に狭くなっている自覚がありますよ」

「おい、菜穂。こんなやつとは、早く別れた方がいいぞ」

仁が苦々しい顔でそう言ってくる。

「そんな可能性はゼロですよ！　瀬山さんこそ、さっさと他の女性を探したらどうです」

ふたりは真っ向から睨《にら》み合う。その本気か冗談かわからないやりとりに、思わず菜穂は噴き出した。

なんだか、ふたりのおかげで気持ちがほぐれたみたい。

「ありがとう、ふたりとも」

休憩が終わり、再びふたりはチャペルの前に立つ。撮影が開始される直前、菜穂は大きく深呼吸をした。そして蒼真を見上げる。彼はやさしく微笑んで頷いてくれた。

菜穂はゆっくりと視線を巡《めぐ》らせる。先ほどまでと違って周囲の様子がはっきり見えた。

直後、監督の声で撮影が開始される。

ライスシャワーが降り注《そそ》ぐ中、大勢のスタッフが拍手をしながら本気の笑みを浮かべ新郎新婦を祝ってくれているのに気づいた。

もしかしたら、最初からそうだったのかもしれない。

ただ、菜穂が気づかなかっただけで……

鳴り響く拍手が、不思議な高揚感とともに菜穂の胸に響く。

気づくと菜穂は自然な笑みを浮かべていた。

蒼真とともに、この場にいられることが堪《たま》らなく嬉しかった。

休憩を挟んだ昼過ぎ、今度は砂浜での撮影に入った。

「やっぱり、少し寒いですね」

素肌を晒《さら》している腕に鳥肌が立っている。菜穂は自分に寄り添っている蒼真に言った。

「ええ、けど風が弱まってよかった」

いまふたりは、砂浜に立っていた。

もちろんウエディングドレスとタキシード姿だ。撮影隊は少し離れた場所でふたりを遠巻きにしている。

自由に動いてくれればいいと言われたのだが……

「なんか、好きにしていいと言われても……どうしていいかわからないですね」

「ええ、指示をもらった方が楽だな」

菜穂は頷きつつ、蒼真に向かって笑みを浮かべた。

「ライスシャワーのシーン。もうどうなることかと思いました」

「けど、結果的に素晴らしい画《え》が撮れたようですよ。監督が小躍《こおど》りしていましたから」

そうなのだ。あの後、監督に大喜びでお礼を言われた。

「どんなCMになるんだろうな？」

「いろんな意味で不安です」

「同感だな」

そう言って苦笑した蒼真は、じっと菜穂を見つめてくる。

「なんですか？」

「過去を思い返していました」

ぽつりと蒼真が言う。その言葉に、菜穂は目の前の海を見つめ、それから足元に視線を移した。

「あの日、砂浜で貝殻を拾おうとしたら強い風が吹きつけてきて……目にゴミが入ったんです。でも、それはきっかけにすぎなくて……やっぱり、泣いたのは、蒼真さんのせいですよ」

いまさらの恨み言を口にして、菜穂はくすっと笑った。

もう、蒼真が過去を気にする必要はないのだとわかってほしい。

「菜穂……」

「海ばかり眺めてないで、こちらを向いてください！」

助監督が大声で指示してきた。

確かに海ばかり見ていたのでは、ふたりの背中しか撮れないだろう。

「だそうですよ」

蒼真が言い、菜穂を促《うなが》して海を背にした。三方向にカメラが設置してあり、もちろんその全部が菜穂と蒼真に向けられている。

「こうして改めてカメラに撮られているのを意識すると、緊張しちゃいますね」

「なら、カメラを無視すればいい」

「それは、そうなんですけど……」

菜穂は視線を結婚式場に向けた。式場のすぐ隣には、ホテルがある。

蒼真と見合いをしたホテルだ。

菜穂は最初の撮影が行《おこな》われた最上階の窓を見上げた。

あの日、わたしはあそこに蒼真さんといて、この砂浜を眺めてたんだ。

「あの窓ですね？」

蒼真が背中に寄り添うようにして立ち、そう語りかけてきた。首を回して後ろを見ると、蒼真も同じ窓を見ている。菜穂は頷いて小さく笑った。

「ついこの間のことなのに、あれからいろんなことがありましたね？」

「ええ。なんとも感慨深いですよ。まさかこんなことになるとは、あの時の私は想像もしていなかった」

蒼真が大切なもののように、背後から菜穂を抱き締めてきた。

カメラの前だと思うと、どうにも恥ずかしい。

「出会わせてくれた笹部さんと叔父に……感謝しなくては」

蒼真は抱き締めていた腕をほどき、菜穂の手を取る。そして波打ち際まで連れて行った。

「何を期待されているかわからないが……そろそろアクションを起こした方がよさそうだ。でないと、二時間でも三時間でも砂浜に立っていることになりそうです」

「でも、アクションって？　えっ？　……わっ！」

蒼真は突然、菜穂の両脇に手を差し入れ、思い切り抱え上げた。

「きゃあーっ」

突然のことに悲鳴を上げた菜穂を、なんと彼は抱え上げた勢いのまま空に放り投げた。

ふわっと身体が宙に浮き、直後、蒼真にしっかりと受け止められる。

撮影隊の方からどよめきが上がった。

「もうっ、蒼真さん！　びっくりするじゃないですか」

「羽のように軽くはないが……」

菜穂の抗議を軽くいなし、冗談めかして言った蒼真は、菜穂を持ち上げた状態で一回転した。

ふわりとドレスが舞い、どうにも笑いが込み上げてくる。

声を上げて笑い出した菜穂の反応に気をよくした蒼真は、二度三度とくるくる回り、ようやく菜穂を地面に下ろした。

「これで、期待に応《こた》えられたかな？」

少し息を弾ませながら、蒼真は菜穂に悪戯《いたずら》っぽく同意を求めてくる。菜穂は笑って頷いた。

「そう思います。もう充分なんじゃないかしら」

「いや、まだ足りない」

「足りない？」

「ええ」

蒼真がにっこり笑った次の瞬間、ふたりの唇が重なった。

「あっ、この野郎！」

叫んだのは仁だ。

蒼真は唇を離し、菜穂と額《ひたい》を合わせてくる。

「せっかくだから、これ以上ないくらい見せつけてやりましょう」

満面の笑みでそう言われ、菜穂は面食らった。だけど、しあわせな気持ちが胸に溢《あふ》れ、気づけば笑顔で頷いていた。


今日の分の撮影が無事に終わり、関係者全員で打ち上げをした。お開きになったのは、すでに夜半と言ってもいい時間だ。

結局今夜は、隣接するこのホテルに泊まることになった。

「はい。これ」

そう言って香苗が差し出してきたのは、ルームキー。

「ひとつ？」

菜穂は思わずそう聞いた。

蒼真と菜穂の二人を前にして、香苗はひとつしかキーを手にしていない。

「なーんてね」

香苗はそう言ってくすくす笑い、もうひとつキーを取り出す。

「はい。もちろんちゃんと別々に部屋を取ってあるわよ」

「ひどい仕打ちですね」

蒼真が不服そうに言う。

「物凄く期待しましたよ」

「そ、蒼真さん」

焦って言うが、蒼真は本気で言っているようだ。

「まあ、ふたりともいい大人なんだし、後は自分の責任で過ごしなさい」

香苗はそんな言葉を残しふたりに背を向けた。だが、途中で足を止め振り返ってくる。

「そうそう、伝え忘れるところだったわ。最後のＣＭ撮影は来週だから。詳しいことはまた改めて伝えるわ」

香苗はからかうように言って、今度こそ本当に去って行った。

「どうして教えてくれないのかしら？　蒼真さんも気になりますよね？」

「まあ気にはなりますが……それよりも、菜穂」

蒼真はじっと菜穂を見つめ、「自己責任で、過ごしていいそうですよ」と、悪戯《いたずら》っぽく口にする。

ぽっと頬が赤らんでしまい、菜穂は頬を覆《おお》った。

「私はあなたと一緒に過ごしたい。後は、あなた次第です」

あまりに真剣な瞳で見つめられ、菜穂は身を震わせる。

正直、関係を進めるのは怖くもある。けど……

菜穂はおずおずと蒼真の手を取った。それだけで、彼は菜穂の気持ちをわかってくれる。

言葉を交わさず、ふたりは同じ部屋に入った。

心臓が異常なまでにドキドキする。

恥ずかしいけど、蒼真に身を任せたい。彼が、欲しいと思う。

もちろん、こんな気持ちは初めてだった。それに、こんな気持ちに自分がなるなんてことにも、驚いている。

蒼真は菜穂を怖がらせないようにと思ってか、とてもやさしく抱き締めてきた。

顔を上げると、そっと唇が重ねられる。

蒼真は、唇のやわらかさをじっくり楽しむように、何度もキスをする。

繰り返されるキスに陶然《とうぜん》となっていたら、そのうち唇の隙間を舌でなぞられた。ぞわっと鳥肌が立ち、菜穂はふるっと身を震わせた。

こんな刺激、味わったことがない……こんな種類の刺激があることすら知らなかった。エロティックで……恥ずかしいのに、もっともっとその感覚を味わいたくなる。

浅く深く、彼女の思考を溶かすような濃厚な口づけが続く。

気づけば菜穂は、蒼真とのキスに夢中になっていた。

けれど、ずっと息を止めていた菜穂は次第に息苦しくなり、蒼真の胸を両手で押して身を離した。

潤《うる》んだ目で蒼真を見上げる。視線が合った瞬間、ぞわっと震えが走った。彼の眼差しが熱い……

その熱がじわりと伝わってきて、菜穂の身体を火照《ほて》らせる。

「あなたの身体、熱いな……」

「そ、蒼真さんの身体も熱いです」

蒼真が顔をしかめて「参ったな」と言う。

参った？

「あの、何が？」

「いますぐ、あなたが欲しくて堪《たま》らない」

蒼真は、菜穂の背に当てた手をすっと撫で下ろした。そして、菜穂の腰を抱き思い切り自身に押し付ける。菜穂の下腹部が蒼真のそれに密着した。

そこに彼の昂《たかぶ》りをはっきりと感じ取り、カーッと顔に熱が上がる。

「抵抗しないんですか？」

「だって……その……抵抗したくないから」

あまりに恥ずかしくて俯《うつむ》いたまま小声で言ったら、蒼真が顔を覗《のぞ》き込んできた。

目を合わせると、蒼真は嬉しげに微笑む。

真っ赤になってその顔に見惚《みと》れていたら、蒼真に抱き上げられた。

「そ、蒼真さん」

蒼真はベッドに歩み寄り、そっと菜穂を降ろす。

仰向けに寝ている菜穂を、蒼真は上からじっくりと見下ろした。

は、恥ずかしい。強烈に恥ずかしいんですけど。

こんな時、みんなどうしてるの？

身を強張《こわば》らせてドギマギしていると、菜穂の頬に蒼真の手が触れた。

指に髪を絡《から》めるようにして弄《もてあそ》び、耳たぶをくすぐってくる。

「くっ、くすぐったいです」

「くすぐったがっているその顔……強烈にそそられる」

そ、そそられる？

思わず自分の顔に触れたら、その手を蒼真が掴《つか》み、ベッドに押し付けられる。

蒼真はゆっくりと上体を屈《かが》め、唇を重ねてきた。

甘いキスを続けながら、蒼真は菜穂の身体を味わうように触れてくる。

首筋から胸元へ。そして腰のラインから太ももへ……

触れられたところから、ゾクゾクとした、どうにもいたたまれない刺激が生まれる。

堪《たま》らず菜穂は、ピクンと身体を跳ねさせた。

そんな反応をしてしまう自分が恥ずかしくてならない。

菜穂は必死に蒼真の胸に縋《すが》りつき、顔を隠《かく》した。

「菜穂」

呼びかけられ、菜穂はおずおずと顔を上げる。

その時を狙っていたかのように、蒼真の指が菜穂の一番敏感な部分に近づく。

「きゃっ」

思わず叫び、太ももに力を入れた。

蒼真はいったん足の間から手を引き、それから時間をかけてゆっくりと菜穂に触れ、彼女の抵抗を緩《ゆる》めていった。

だが時折、彼は菜穂をぎゅっと抱き締め、何かを耐えるように身を強張《こわば》らせている。

こんな経験は初めてだが、蒼真がどれほど自制し我慢してくれているかわかった。

わたしのために……

ずっと受け身でいた菜穂は、初めて自分から蒼真を抱き締めた。

蒼真が驚いて菜穂を見る。

菜穂は頷き、蒼真の身体に触れた。そして彼の手を取り、自分の胸の膨《ふく》らみに導く。

彼が意識して触れずにいてくれたところだ。

蒼真は菜穂の反応を確かめるように、そっと膨《ふく》らみを手のひらで包んだ。

胸の丸みとやわらかさを味わうようにゆっくりと手を動かしていた蒼真は、徐々にその指先を胸の頂《いただき》に近づけていく。

心臓が困るほどドキドキし、菜穂は無意識に身体に力を入れてしまう。

彼の指に敏感な部分が触れられた瞬間、菜穂はその刺激の強さにビクリと身を跳ねさせた。

「菜穂」

名を呼ばれるが、とても蒼真と目を合わせられない。

菜穂は首を振って彼の胸に顔を埋《うず》めた。すると蒼真は、菜穂の身体を押さえ込むようにして、敏感な部分を刺激しはじめる。

「あ……う、んんっ」

胸の頂《いただき》から身体の中心に向かって快感が突き抜けていく。それを休みなく味わわされ、菜穂は自分を押さえつけている蒼真を押し戻そうとした。だが、当然力で勝てるわけがない。

「ああん……やっ、はん……ううっ」

自然と甘えたような声が口から出てしまう。あまりの恥ずかしさに、なんとか我慢しようとするのだが、とても無理だった。

「そ、蒼真さん」

「菜穂、私も、あまり余裕がないんだ。早く君を感じたい。味わいたい」

蒼真は菜穂の胸元を露《あらわ》にし、驚いている菜穂に構わず胸の先端を口に含んだ。

「ああっ……あん……くっ」

熱い舌が硬く尖った先端を絡《から》めるようにして舐《な》めてくる。

その刺激は永遠かと思うほど続き、ようやく解放された時には、菜穂はぐったりとベッドの上に横たわっていた。

「菜穂、大丈夫かい？」

気遣わしげに蒼真が尋ねてくる。菜穂は閉じていた瞼《まぶた》を開け、蒼真を見上げた。

いまのわたし、きっととんでもなく乱れてる……

そんな自分が蒼真の目にどんな風に映っているのか不安に思った。だが、自分を見下ろす蒼真の表情を見て、その不安を消した。

蒼真さんも……目が潤《うる》んで凄くエロティックだ。

菜穂は手を伸ばし蒼真の頬に触れた。

「熱い……」

「ああ。全身が燃えているような気がする」

「わ、わたしも」

蒼真は菜穂にぴったりと寄り添ってきた。ふたりの体温が合わさり、さらに熱が増す。

その熱を心地よく感じていたら、蒼真の右手がゆっくりと菜穂の下半身へと伸びていくのに気づいた。ハッとしたその瞬間、太ももの内側に手が滑り込んできた。

思わず力が入りそうになるのを菜穂はなんとか我慢する。

彼の指は、下着のラインを滑るようになぞっていく。

「くっ」

とてもじっとしていられず、菜穂は身体をくの字に曲げた。

「感じてる？」

「か、か、感じてるとか……わざわざ口にしないでくださいっ！」

文句を言ったら、蒼真が顔を覗《のぞ》き込んでくる。彼の目を見返せず、菜穂はぎこちなく視線を逸《そ》らした。

「可愛すぎるんだが……」

「そ、そういう台詞《セリフ》も禁止です」

本気で言ったら、蒼真が笑い出す。

「笑わないで」

「わかった。けど、あなたがそんなに恥ずかしがっていたら……先に進めないんだが……もしかして、もうやめた方がいい？」

その問いに、菜穂は困りながら首を横に振った。

物凄く恥ずかしいけど、やめてほしいわけではないのだ。

「よかった。ここでやめたいと言われても……それを受け入れる自信はなかったから……少し強引にしてもいいかい？」

菜穂は考え、躊躇《ためら》いつつもこくんと頷いた。

すると蒼真はなんと、菜穂の下着を一気に取り去った。まさかそんなことをされるとは思わなかった菜穂は唖然《あぜん》としてしまう。そして——

「うっ……あ」

な、何？

最初何が起こっているのかわからなかった。

下半身に生じた、これまで味わったことのない圧迫感。

徐々に理解が追いついてきて、蒼真の指が菜穂の中に入れられているとわかった。

指が動きはじめ、菜穂は反射的に力を込めた。

「きつい、な……」

蒼真が呟《つぶや》く。

「んんん」

なんとも表現のしようのない感覚を与えられ、菜穂は腰をくねらせた。

だが、そのせいで、彼の指を奥まで呑み込みさらに刺激が強くなる。

「凄いな……指をもっていかれそうだ」

「やっ、……言わないで」

蒼真の指に刺激されるうちに、そこが潤《うる》んできているのがわかる。

ぴちゃぴちゃと水音が響いてきて、羞恥《しゅうち》でどうにかなりそうだ。

「参ったな。あなたときたら、私が必死に自制してるのに、どうしてそんなに煽《あお》ってくるんだ」

「そ、そんなつもりないです」

「ああ、もう我慢できない！」

その言葉と同時に、菜穂の身体に衝撃が走った。

「ああっ」

咄嗟《とっさ》に蒼真の身体を押し返そうとするが、それ以上の力で抱き締められた。

その間も、蒼真の指は菜穂の中と、敏感過ぎる芽を容赦《ようしゃ》なく刺激し続ける。

「あん……や、やめ……て……んんっ」

苦しいほどに快感を高められ、喘《あえ》ぎ声が止まらず息が満足にできない。

菜穂の身体から徐々に抵抗する力が失せていく。

「ああっ！」

敏感な芽をひときわ強く刺激され、菜穂は激しく身を反らした。

全身を電撃が走り抜けたように、ビクビク身体を震わせる。

その間に、すべての服をはぎ取られ、菜穂は一糸まとわぬ姿にされた。蒼真は熱いため息を零《こぼ》し、菜穂の身体に舐《な》めるような視線を這《は》わせる。

「そんな風に、見ないで」

「恥ずかしがらなくていい……とてもきれいだ」

その視線に耐えきれず、菜穂はくるりと蒼真に背を向けた。

すると背後で蒼真がくっくっと笑う。

「な、なに？」

「いや、後ろ姿も見たいと思っていたら、あなたが……」

そんなことを言われては、そのままにしていられず菜穂は慌てて身体を元に戻した。が、滑稽《こっけい》なことをしている気がしてきて、頬を膨《ふく》らませる。

「もうっ」

「はあっ、もう冗談を言っている余裕はないみたいだ」

蒼真は何かを堪《こら》えるように息を呑み、自分の着ている服を乱暴に脱ぎ捨てる。

目を丸くして見ていたら、蒼真は菜穂の両手を掴《つか》んでベッドに押さえつけた。そして、胸の頂《いただき》を口に含む。音を立てて軽く吸い、舌でコロコロと転がされる。

「ああっ……んん」

同時に、下腹部に熱くて硬い塊《かたまり》が押し当てられた。経験のない菜穂でも、さすがにそれがなんであるかはわかり、頭が沸騰しそうになる。

胸の刺激はやまず、喘《あえ》ぐことをやめられない。

蒼真は菜穂の両足の間に腰を割り込ませ、熱く潤《うる》み切った場所に自身の昂《たかぶ》りを添える。

その一瞬、時が止まった気がした。

わたし、本当に蒼真さんのものになるんだ。

けどそれは、蒼真さんが私のものになるってことよね？

「菜穂、いいね？」

ここまできて、その問いはいまさらだと思ったけれど、確認を取ってもらえたのはとても嬉しかった。しっかりと頷く菜穂に微笑み、蒼真はぐっと腰を進ませる。

熱い塊《かたまり》がじわじわと菜穂の中に押し入ってきた。

圧迫感が半端なく、菜穂は激しい痛みに首を振る。すると、蒼真はいったん動きを止めてくれた。

蒼真は、菜穂を窺《うかが》いながら、少しずつ腰を進める。じりじり時間だけが進み、蒼真の息遣いがしだいに荒くなっていく。額《ひたい》には玉のような汗が浮かんでいた。

「蒼真さん、苦しそう」

「……あなたこそ……辛いんじゃないですか？」

菜穂は首を横に振った。確かに辛いけれど、それだけじゃない。どうしようもない痛みと圧迫感とは別に、もどかしいような疼《うず》きを感じる。

菜穂は思い切って、自分から蒼真の方に腰を突き出した。ぐっと押し入られ、ミシミシと音が聞こえた気がした。

「は……」

「菜穂？」

「だ、大丈夫」

「動いても……いいかい？」

うんと頷く。早くどうにかしてほしかった。なんだか中途半端で、それが苦しい。

すると、蒼真が一度腰を引き、ぐっと突き入れてきた。

「う、あっ」

勝手に下半身に力が入る。

「くっ！　少し締め付けを緩《ゆる》めてっ！」

歯を食いしばって口にした蒼真は、直後、タガが外れたかのように菜穂を突き上げはじめた。

上下に揺さぶられ、身体がバラバラになりそうだ。

それとともに身体の内部は火のように熱くなり、言い知れぬ快感でどうにかなりそうだった。

「ううっ！」

蒼真は唸《うな》るように声を上げ、ぴたりと腰の動きを止めた。

「はあ、菜穂、すまない……あなたを……気遣ってやれそうにない……」

「いいの。やめないで、蒼真さん！」

菜穂が叫ぶと、息を呑んだ蒼真は奪うように唇を合わせてきた。そして、再び大きく腰を引くと思い切り突き入れた。何度もそれを繰り返されるうちに、強烈な快感が膨《ふく》らんでいく。

そして、唐突に何かが弾けた。

「ああっ！」

叫びを上げて蒼真にしがみつく。すると菜穂の中で蒼真自身がさらに膨張した。

「くっ！　……そ、蒼真さん」

菜穂は縋《すが》るように彼の名を呼びながら、強くしがみついた。

快感が何度も何度も身体の奥から波のように押し寄せてくる。蒼真はそれに応《こた》えるように、挿入の速度を速めた。

耐え切れないほどの快感を与えられ、それが我慢できそうにないくらい膨《ふく》れ上がった瞬間、蒼真が「菜穂」と切羽詰《せっぱつ》まったように叫んだ。

頭の中で、大きな衝撃音が響いた気がして、瞼《まぶた》の裏側にチカチカと星が点滅する。

ヒクヒクッと身体の内部が痙攣《けいれん》し、そのたびに甘い快感が菜穂を満たした。

「菜穂……」

囁《ささや》くように蒼真が耳元で熱く名を呼び、菜穂を苦しいほどに抱き締めた。


う……ん？

目を覚ました菜穂は、胸の先端に甘い刺激を感じてぎょっとなった。

パチッと目を開けた瞬間、蒼真と目が合う。

「ようやくお目覚めですか」

甘い笑みを向けられて、一瞬どう反応していいやら困る。

わ、わ、わたし……そ、そうだ。昨夜、蒼真さんと結ばれて……

きゃーっ、と悲鳴を上げそうになる。

そこで、ハッとあることに気がついた。

わたし、何も着ていない？　蒼真さんもっ！

「目が泳いでる」

目のやり場に困っていたら、冷静に指摘されて菜穂は蒼真を睨《にら》んだ。

「だっ……んっ」

文句を言おうとしたら、言葉になる前に唇を塞《ふさ》がれた。

存分に唇を味わってから菜穂を解放した蒼真は、今度は気遣わしげな視線を向けてくる。

「身体は大丈夫かい？」

やさしく聞かれ、菜穂は赤くなって頷いた。

口に出せない部分にちょっと違和感があるし、腰の辺りも重いけど……

その表情で菜穂の状況を悟ったのか、蒼真は彼女をそっと抱き締めてきた。

そしてため息をつく。

「蒼真さん？」

「いや。……こうしていると、また理性が飛んで、あなたに無理を強《し》いてしまいそうだ。着替えて朝食を取ろう」
蒼真は身を起こし、菜穂のことも起こしてくれた。
労《いたわ》ってもらえて嬉しく思うものの、ちょっぴりがっかりしたことは内緒だ。

※

それから一週間後、菜穂は再び蒼真とＣＭ撮影に臨《のぞ》んでいた。
「まさかここだとは思いませんでしたね」
隣にいる蒼真が、小声で言う。
ＣＭの最後の撮影場所は、なんと蒼真の手がけた庭園だった。
ふたりの衣装は、二度目の撮影時と同じものだ。
菜穂はウエスト部分にあるピンクの大きなリボンを見て苦笑する。
なんだか、この衣装にも馴染《なじ》んできたかも……
それにしても、こんな形でまたここに来ることになるなんて思わなかった。
蒼真が女性と寄り添っている姿を思い出し、なんとも言えない気持ちになる。
いまは誤解だったってわかってるのに……
自分の知らなかった一面を思い知らされ、菜穂は内心でため息をついた。
「おい。もっと離れてもいいいんだぞ」

カメラを向けている仁が、面白くなさそうに言ってくる。すると案の定、蒼真は菜穂を抱き寄せ、よりいっそう身体を密着させた。

「上月、お前、性格悪いぞ！」

「なんとでも。瀬山さん、まだ諦めていないいんですか？」

「諦める気はない。いますぐ別れろ！」

「お断りします。そんな日は永遠にきません」

このふたり、またはじめちゃった。やれやれだわ。ここまでくると、言い合うのが楽しいみたいよね。

「仁さん、写真はもういいの？」

「ああ、もう充分」

仁はむっつりと答え、カメラを抱えて監督のもとへ行ってしまった。

「蒼真さん、もしかして仁さんとのやりとり、楽しんでるんですか？」

「楽しんでなどいませんよ。さっさと諦めればいいものを。気が気じゃない」

そんな風に気を揉《も》む必要なんてないのに……

「撮影はまだはじまらないのかな？」

蒼真の言葉に、菜穂は薔薇《ばら》のトンネルの向こう側にいる監督に目を向ける。彼はいま、スタッフたちと顔を突き合わせて撮影の手順を入念に打ち合わせている。

「でも、紅葉《こうよう》が見頃だし、来られてよかったです」

菜穂が蒼真に話しかけたところで、背後から声をかけられた。

「あ、上月さん？」

蒼真と一緒に振り返った菜穂は、相手を確認して目を丸くしてしまう。

なんと、以前蒼真と一緒にいた女性アーティストではないか！　男性アーティストも共にいる。

「この間は、ありがとうございました」

蒼真に挨拶《あいさつ》した女性アーティストが、菜穂の方を向いてきた。

「この方が、菜穂さんですね？」

「ええ」

「菜穂さん、初めまして」

「こ、こちらこそ」

どうにも顔が赤らむ。わたし、この人を相手に誤解したり、嫉妬したりしてたのよね……

菜穂は恐縮して頭を下げた。

「おかげ様で、いい感じにCM用の曲が完成させられたんですよ」

「CM用の曲？」

蒼真が驚いたように声を上げた。

「ええ。結婚式場のCM。おふたりがモデルだとお聞きしましたけど」

その話に菜穂は驚いたが、確かにCMに曲はつきものだ。

全国規模の結婚式場であることを、いまさらながらに実感する。

こんな有名人に曲を作ってもらうとか……びっくりだ。

なんか、思っていた以上に、このモデルの役目って大変なことなんじゃ？

「後で披露することになっているので、楽しみにしていてください。ああ、ただ、まだ曲にタイトルがついていないんです。ピンとくるものが思いつかなくて……」

女性アーティストが、菜穂を見て考えるように首を傾《かし》げる。

「あの？」

「おふたりに、曲のタイトルを考えてもらおうかしら？」

「ええっ？　わ、わたしたちが!?」

菜穂が仰天すると、女性アーティストはちゃめっけたっぷりな笑みを浮かべる。

「ふふ、ピンとくるものだったら、です」

「ああ。わかりました。そういうことなら何か考えてみましょう」

蒼真が引き受け、菜穂はドキドキしてきた。

わたしたち、人気アーティストの曲にタイトルをつけられるかもしれないんだ？

胸を膨《ふく》らませた菜穂だったが、モデルが大役過ぎることを思い出してしまう。

「それじゃ、ふたりともモデル頑張ってね」

女性アーティストはそう言って手を振る。一緒にいた男性アーティストも「ども」と頭を下げて離れて行った。

「ほ、ほんとに全国規模なんですね。あんな有名人にＣＭソングを作ってもらうなんて。生で歌が聞けるのは嬉しいですけど……や、やっぱり、大役過ぎますよぉ〜。……そっ、蒼真さん、だ、大丈夫なんでしょうか？」

動揺が増してきて、どうにも声が震えてしまう。

「菜穂、声が……大丈夫ですか？」

「だ、だ、大丈夫じゃないかも」

そう言ったら、蒼真が抱き締めてくれた。

「私がついてますよ」

「そ、そうですね」

蒼真の温もりに包まれ、少し気持ちが落ち着いてきた。

「あらまあ、あんなに丁々発止《ちょうちょうはっし》やり合っていた人たちとは思えない変わりっぷりね」

香苗が歩み寄って来ながら、からかってくる。

「伯母さん……じゃなかった。社長」

「でも、嬉しいわ。願った通りになって、瑛子さんと咲子も大喜びしてたわよ。約一名、いまでも頑として拒否してる人間がいるようだけど」

それは菜穂の父親のことだ。蒼真は、菜穂の両親に挨拶《あいさつ》して、ふたりの付き合いを認めてもらうつもりでいるのに、父は頑《かたく》なに拒み、会おうとしてくれない。

「そのうち、諦めるでしょうけどね。いっそ、既成事実でも作ったら？」

「いいですね」

香苗の提案に、蒼真が真面目に頷いた。

「蒼真さん！　もうっ伯母さんも、そんなことを軽々しく言わないで」

「はいはい。ああ、そろそろ撮影がはじまるみたいね。それじゃ、これでほんとに最後なんだから、頑張ってよ」

香苗は手をヒラヒラさせながら戻っていった。

そして最後の撮影が、ついにはじまった。

まずはふたりで寄り添いながらアーチをくぐる。拍子抜《ひょうしぬ》けするほど、あっさりオーケーが出た。

次は庭園を歩き回ったり、小さな家の中を窓から覗《のぞ》き込んだり……指示された通りに動く。

監督は終始上機嫌で、ダメ出しされることもなく、撮影はさくさく進んで行った。

「な、なんか、前回と違って、ずいぶん簡単に進んでいきますね？」

「確かに、かえって不安になるな」

「ですよね」

ふたりして顔を寄せ合い、ひそひそ話していたら、監督が「いいねぇ」と言う。

驚いて振り返ったら、知らない間にカメラが回っていたらしい。

「この間みたいにキスしてくれてもいいんだよ、上月君」

監督がからかうように言ってきて、蒼真は苦笑いを浮かべる。

菜穂はくすくす笑ってしまった。

だが、ブランコに乗っての撮影に入った途端、手のひらを返したように上手《うま》くいかなくなった。

監督はなかなか納得できないようで、何度もシーンを撮り直す。

やっぱり、簡単には終わらないみたいだ。

そうこうしていたら昼になり、休憩を取ることになる。

スタッフたちはみんなその場から立ち去っていった。

菜穂も移動しようとしたら、蒼真に腕を取られる。

「蒼真さん」

「ちょっと……」

なんだろ？　蒼真は何かを探すようにキョロキョロしている。

「何を探しているんですか？」

「あそこがいいか……」

そんなことを呟《つぶや》き、「菜穂、そこに座って」とブランコを指さす。

どういうことかわからなかったが、菜穂はおとなしくブランコに腰かけた。

「そ、その……あ、あなたに……」

なんだか蒼真らしくない。急にしどろもどろになったりして、どうしたんだろう？

首を傾《かし》げていたら、蒼真が目の前に跪《ひざまず》いてきた。彼はポケットに手を突っ込んで、そこから取り出したものを菜穂の前に差し出す。

菜穂は息を止めた。

こ、これって……ゆ、指輪の箱っぽいんだけど？

思わずコクンと喉を鳴らして唾を呑み込む。

「あなたを、愛……して、います。私と、結婚、してくれませんか？」

蒼真は、物凄く言いにくそうに口にした。

喘《あえ》ぐように息を吸い込んだ瞬間、涙が込み上げてきて、菜穂は両手で口を覆《おお》った。

「菜穂？」

「は、はい。わたしも、蒼真さんと、結婚したいです」

ポロポロ涙を零《こぼ》しながら言葉を返した。蒼真は菜穂に手を伸ばし、そっと涙を拭《ぬぐ》ってくれる。

彼は指輪のケースから指輪を取り出すと、ぎこちない手つきで菜穂の薬指に嵌《は》めた。

胸がいっぱいだ。こんなにロマンティックな場所で、プロポーズをしてもらえるなんて。

感動で胸を震わせる菜穂とは逆に、蒼真は残念そうに肩を落とす。

「プロポーズの言葉、もっとスマートに口にするつもりだったのに……自分にがっかりですよ」

蒼真さんったら……

「嬉しかったです。スマートに口にされたプロポーズより、ずっと、ずっと」

また涙が込み上げてきた。そんな菜穂に、蒼真がそっとキスをくれる。

甘すぎる空気に胸がくすぐったい。

その時、どこからかギターの音色が聞こえてきた。とても優しい音色……もしかしてこれは先ほどのふたりのメロディだろうか。

菜穂は戸惑いながら音のする方に目をやった。

「曲を披露すると言っていたけど……いま？」

「行ってみましょう」

蒼真に促《うなが》されて立ち上がり、ベンチのある場所まで戻ったら、なんと昼食を取りに行ったはずのスタッフが勢ぞろいしている。驚いていると、香苗がふたりの前に進み出てきた。香苗は菜穂の左手を手に取り、そこに嵌《はま》っている指輪を見てから、それはもう嬉しそうに「おめでとう」とお祝いを言ってくれる。すると、さらにスタッフ全員から祝いの言葉をかけられた。

「これはいったい？」

蒼真が眉をひそめて言うと、今度は監督が歩み寄ってくる。

「いや、いい画《え》が撮れたよ。まさかプロポーズするとは思っていなかったんだが」

「撮った？　まさか！」

「隠《かく》し撮りした方がいい表情を撮れると思ってねぇ。いや、悪かった。だが、ありがとう」

嬉しそうに謝罪とお礼を言われ、菜穂は唖然《あぜん》として蒼真と目を見かわす。

「さあ、主役のおふたり、どうぞ。あなたたちの婚約を祝って、彼らが歌ってくれるそうよ」

香苗はそう言いながら、蒼真と菜穂にベンチに座るよう促《うなが》す。戸惑いが抜けないままベンチに座ると、テンポのいい曲に乗り、素敵な歌声が庭園の中を流れはじめる。

ふたりは視線を合わせ、小さく笑うと、お祝いムードに浸《ひた》りつつ耳を傾けたのだった。

その夜、菜穂は蒼真の部屋のソファーで彼と身を寄せ合っていた。

菜穂の薬指にはエンゲージリングが輝いている。それを見るたびに、菜穂の胸には喜びが込み上げてくる。

もうこれ以上は望めないほどしあわせだ。

なのにわたし、願いを聞き届けて蒼真さんと会わせてくれた神様に、無礼なことしてしまったのよね。せっかく願いを叶えてくれたのに、リセットしてほしいとか、勝手なこと言ってしまって……

菜穂は蒼真に顔を向けた。

「蒼真さん」

「なんですか？」

「わたし、最初に蒼真さんと会った日に、神様にお願いをしていたんです」

「どんなお願いをしたんですか？」

蒼真が興味を引かれたように聞き返してくる。

「どんなお願いをしたんです」

「えーっと……確か、『神様、もしわたしに運命の人がいるのなら、どうか会わせてください』って」

「それで私が、あなたの前に現れたと？」

「そうなんです。けど……すぐにお願いしたことを後悔する事態になりました」

蒼真はぷっと噴き出したくせに、睨《にら》んでくる。

「菜穂！」

「だ、だって、蒼真さんひどかったんですもの」

「それについては、心から後悔していますよ。……だが、よかった」

「よかった？」

「あなたの願いに、神様が白羽《しらは》の矢《や》を立てたのが私で」

蒼真は熱い眼差しで菜穂を見つめ、甘く口づけてくる。

その時、蒼真が何かを思いついたようにちょっと顔を上げた。

「菜穂」

「はい？」

「いいものが思いつきましたよ」

「思いついたって、何を？」

「CMの曲のタイトルですよ」

「どんなのですか？」

「『この恋は、神様推奨！』なんてどうです？　曲の詩とも違和感ないと思いませんか？」

「確かに、いいかも！」

恋とか、神様とかのフレーズが入ってたし……神様一押しの相手と出会わせてくださってありがとうって感じの歌だった。

「あっ、でも『この恋、神様推奨です。』だと、もっとよくないですか？」

「ああ、いいですね。あのふたりに、早速、提案してみましょう」

ちょっとドキドキしてきた。

「このタイトルに、ピンとくるでしょうか？」

「どうかな」

「ふふっ。どちらでもいいですね？」

「ええ、どちらでもいい」

ふたりはくすくす笑い、微笑み合った。

最高にしあわせ♪

『神様。こんなに素敵な恋を与えてくださり、ありがとうございます』

心の底から感謝を伝え、菜穂は愛する蒼真をぎゅっと抱き締めたのだった。

エタニティ文庫

装丁イラスト／ひだかなみ

エタニティ文庫・白

ナチュラルキス1~5

風

ずっと好きだったけれど、ほとんど口をきいたことがなかったあの人。親の都合で引越しすることになったため、この恋もこのまま終わりかと思ったら……どうして結婚することになってるの⁉　わけがわからないうちに、憧れの人と結婚することになった女子高生・沙帆子《さほこ》とちょっと意地悪な先生の、胸キュン&ハートフルラブストーリー！

装丁イラスト／ひだかなみ

エタニティ文庫・白

ナチュラルキス+《プラス》1~7

風

兄に頼まれ、中学校のバレー部の試合にカメラマンとして行くことになった啓史《けいし》。彼はそこにいた小学生並みにチビな女子マネージャーの笑顔に、不思議とひきつけられてしまう。その日からずっと、彼の心には彼女の存在があった——。平凡な女子高生が、まだ中学生のころから始まる物語。大人気シリーズ「ナチュラルキス」待望の男性視点！

※エタニティブックスは大人の女性のための恋愛小説レーベルです。ロゴマークの色で性描写の有無を判断することができます（赤・一定以上の性描写あり、ロゼ・性描写あり、白・性描写なし）。

詳しくは公式サイトにてご確認ください。
http://www.eternity-books.com/

携帯サイトはこちらから！

大手商社で働く新人の美月《みづき》。任される仕事はまだ小さなものが多いけど、やりがいを感じて毎日、楽しく過ごしている。そんな彼女が密かに憧れているのは、イケメンで頼りがいのある、専務の輝翔《あきと》。兄の親友でもある彼は、何かと美月を気にかけてくれるのだ。だけどある日、彼からの突然の告白で二人の関係は激変して――!?

B6判　定価：640円+税　ISBN 978-4-434-22536-9

セレブな親戚に囲まれているものの、本人は極めて庶民のまなみ。そんな彼女は、昔からの約束で、一族の誰かが大会社の子息に嫁がなくてはいけないことを知る。とはいえ、自分は候補の最下位…と安心してたのに就職先の会社には例の許婚がいて、あろうことか彼の部下になっちゃった！　おまけになぜか、ことあるごとに構われてしまい大接近!?

B6判　定価：640円＋税　ISBN 978-4-434-22330-3

恋愛小説「エタニティブックス」の人気作を漫画化!

Eternity COMICS
エタニティコミックス

紳士の本性は強引な野獣!?

甘いトモダチ関係

漫画：はちくもりん　原作：玉紀 直

B6判　定価：640円＋税
ISBN 978-4-434-22072-2

イケメン幼馴染の過剰な溺愛

隣人を愛せよ!

漫画：小立野みかん　原作：古野一花

B6判　定価：640円＋税
ISBN 978-4-434-22181-1

風（fuu）
岐阜県在住。2005年6月、webサイト「やさしい風」(http://yasashiikazefuu.web.fc2.com/) にて、恋愛小説の掲載を始める。インターネット上で爆発的な人気を誇り、「PURE」にて出版デビューに至る。

イラスト：浅島ヨシユキ

この恋《こい》、神様推奨《かみさますいしょう》です。

風（ふう）

2016年　11月 30日初版発行

編集－本山由美・宮田可南子
編集長－塙綾子
発行者－梶本雄介
発行所－株式会社アルファポリス
〒150-6005東京都渋谷区恵比寿4-20-3 恵比寿ｶﾞｰﾃﾞﾝﾌﾟﾚｲｽﾀﾜｰ5階
TEL 03-6277-1601（営業）　03-6277-1602（編集）
URL http://www.alphapolis.co.jp/
発売元－株式会社星雲社
〒112-0005東京都文京区水道1-3-30
TEL 03-3868-3275
装丁イラスト－浅島ヨシユキ
装丁デザイン－ansyyqdesign
印刷－図書印刷株式会社

価格はカバーに表示されてあります。
落丁乱丁の場合はアルファポリスまでご連絡ください。
送料は小社負担でお取り替えします。

ISBN978-4-434-22693-9 C0093